U0513813

图书在版编目（CIP）数据

周邦彦词选评／刘扬忠撰. —上海：上海古籍出
版社，2018.6 (2022.10.重印）
（中国古代文史经典读本）
ISBN 978－7－5325－8838－1

Ⅰ.①周… Ⅱ.①刘… Ⅲ.①周邦彦（1056－1121）
—宋词—诗词研究 Ⅳ.①I207.23

中国版本图书馆 CIP 数据核字（2018）第 094000 号

中国古代文史经典读本

周邦彦词选评

刘扬忠 撰

上海古籍出版社出版发行

（上海市闵行区號景路 159 弄 1－5 號 A 座 5F 邮政编碼 201101）

（1）网址：www.guji.com.cn

（2）E-mail：guji1@guji.com.cn

（3）易文网网址：www.ewen.co

常熟市人民印刷有限公司印刷

开本 787×1092 1/32 印张 9.375 插页 3 字数 125,000

2018 年 6 月第 1 版 2022年10月第 3 次印刷

印数：4,201 — 5,250

ISBN 978－7－5325－8838－1

I · 3280 定价: 30.00 元

如有质量问题，请与承印公司联系

出 版 说 明

　　上海古籍出版社成立六十多年来形成了出版普及读物的优良传统。二十世纪，本社及其前身中华书局上海编辑所策划、历时三十余年陆续出版的《中国古典文学作品选读》与《中国古典文学基本知识》两套丛书各八十种，在当时曾影响深远。不少品种印数达数十万甚至逾百万。不仅今天五六十岁的古典文学研究者回忆起他们的初学历程，会深情地称之为"温馨的乳汁"；而且更多的其他行业的人们在涵养气度上，也得其熏陶。然而，人文科学的知识在发展更新，而一个时代又有一个时代的符号系统与表达、接受习惯，因此二十一世纪初，我社又为读者奉献了一套"新世纪文史哲经典读本"，是为先前两套丛书在新世纪的继承与更新。

　　"新世纪文史哲经典读本"凝结了普及读物出版多方面的经验：名家撰作、深入浅出、知识性与可读性并重固然是其基本特点；而文化传统与现代特色的结合，更是她新的关注点。吸纳学界半个世纪以来新的研究成果，从中获得适应新时代读者欣赏习惯的浅切化与社会化的表达；反俗为雅，于易读易懂之中透现出一种高雅的情韵，是其标格所在。

　　"新世纪文史哲经典读本"在结构形式上又集前述两套丛书之长，或将作者与作品（或原著介绍与选篇解析）乳水交融地结合为一体，或按现在的知识框架与阅读习惯进行章节分类，也有的循原书结构撷取相应内容并作诠解，从而使全局与局部相映相辉，高屋建瓴与积沙成塔相互统一。

　　"新世纪文史哲经典读本"更是前述两套丛书的拓展与简约。其范围涵盖文学经典、历史经典与哲学经典，希望用最省净的篇幅，抉示中华文化的本质精神。

　　该套丛书问世以来，已在读者中享有良好的口碑。为了延伸其影响，本社于 2011 年特在其中选取十五种，请相关作者作了修订或增补,重新排版装帧,名之为"中国古代文史经典读本",以飨读者。出版之后,广受读者的好评,并于2015年被评为"首届向全国推荐中华优秀传统文化普及图书"。受此鼓舞,本社续从其中选取若干种予以改版推出,并得到国家有关部门的支持,多种获得2016年普及类古籍整理图书专项资助。希望改版后的这套书能继续为广大读者喜欢,为弘扬中华优秀传统文化作出贡献。

上海古籍出版社

2017年6月

目　　录

001 /　　　　**出版说明**

001 /　　　　**导言**

017 /　　　　**一、初旅汴京**

少年游　并刀如水 / 025

一落索　眉共春山争秀 / 027

凤来朝　逗晓看娇面 / 030

望江南　歌席上 / 033

秋蕊香　乳鸭池塘水暖 / 034

南乡子 晨色动妆楼 / 037

点绛唇 出林杏子落金盘 / 039

归去难 佳约人未知 / 041

意难忘 衣染莺黄 / 043

阮郎归 冬衣初染远山青 / 047

阮郎归 菖蒲叶老水平沙 / 050

浣溪沙 争挽桐花两鬓垂 / 052

苏幕遮 燎沉香 / 061

浣溪沙 楼上晴天碧四垂 / 063

一落索 杜宇思归声苦 / 065

满江红 昼日移阴 / 067

忆旧游 记愁横浅黛 / 070

075 /

二、寓居庐州、荆州

尉迟杯 隋堤路 / 076

宴清都 地僻无钟鼓 / 079

玉楼春 桃溪不作从容住 / 083

倒犯 霁景对霜蟾乍升 / 087

还京乐 禁烟近 / 090

少年游 南都石黛扫晴山 / 093

点绛唇　台上披襟 / 095

锁阳台　山崦笼春 / 097

扫花游　晓阴翳日 / 100

风流子　枫林凋晚叶 / 104

虞美人　廉纤小雨池塘遍 / 108

玉楼春　大堤花艳惊郎目 / 109

绮寮怨　上马人扶残醉 / 112

六幺令　快风收雨 / 114

渡江云　晴岚低楚甸 / 118

122 /　　三、出知溧水

满庭芳　风老莺雏 / 126

隔浦莲近拍　新篁摇动翠葆 / 130

鹤冲天　梅雨霁 / 133

风流子　新绿小池塘 / 135

红林檎近　高柳春才软 / 139

红林檎近　风雪惊初霁 / 141

玉烛新　溪源新腊后 / 144

丑奴儿　肌肤绰约真仙子 / 147

菩萨蛮　银河宛转三千曲 / 149

过秦楼 水浴清蟾 / 151

花犯 粉墙低 / 155

西河 佳丽地 / 158

齐天乐 绿芜凋尽台城路 / 161

166 /

四、再旅汴京

绕佛阁 暗尘四敛 / 177

浣溪沙 日薄尘飞官路平 / 180

瑞龙吟 章台路 / 181

少年游 朝云漠漠散轻丝 / 187

应天长 条风布暖 / 189

点绛唇 辽鹤归来 / 192

西园竹 浮云护月 / 195

点绛唇 征骑初停 / 197

玉楼春 玉琴虚下伤心泪 / 199

六丑 正单衣试酒 / 200

解语花 风销焰蜡 / 204

烛影摇红 芳脸匀红 / 208

黄鹂绕碧树 双阙笼佳气 / 211

兰陵王 柳阴直 / 214

琐窗寒　暗柳啼鸦／218

222／　　**五、暮年远宦**

诉衷情　堤前亭午未融霜／227

水龙吟　素肌应怯余寒／228

华胥引　川原澄映／233

一寸金　州夹苍崖／236

瑞鹤仙　悄郊原带郭／239

西平乐　稚柳苏晴／243

248／　　**附：编年未定词**

蓦山溪　湖平春水／250

侧犯　暮霞霁雨／253

夜飞鹊　河桥送人处／256

大酺　对宿烟收／259

蝶恋花　月皎惊乌栖不定／262

解连环　怨怀无托／265

拜星月慢　夜色催更／268

关河令　秋阴时晴渐向暝／271

氏州第一　波落寒汀／272

庆春宫 云接平冈 / 275

浪淘沙慢 晓阴重 / 277

浪淘沙慢 万叶战 / 281

夜游宫 叶下斜阳照水 / 284

虞美人 疏篱曲径田家小 / 285

导　　言

词坛领袖属周郎,雅擅风流顾曲堂。

南渡诸贤更青出,却亏蓝本在钱塘。

——〔清〕江昱《论词绝句》

　　这首论词绝句,高度评价了北宋晚期的词坛领袖周邦彦的创作成就和他在宋词史上的枢纽地位。但是,并非所有的周词接受者都如此看好周邦彦。自古迄今,或由于价值观念的歧异,或由于历史真相不清楚,或由于周邦彦本人及其作品本身的确存在的某些不足,从这位杰出的抒情词人在世之时起,一直到今天,八百多年来人们对他的人品与词品似乎都毁誉不一。谈到他的为人和节操,史传就曾说他"性落魄不羁"(《东都事略·

文艺传》);"疏隽少检,不为州里推重"(《宋史·周邦彦传》)。特别是在政治上,因为他的《汴都赋》里有颂扬王安石变法的内容,且因此而得官,其晚年官位渐隆时又正值后期新党蔡京一伙执政,于是赞扬他的人想方设法地证明他是新党成员,贬抑他的人则据此说他是文人无行,"名节有污"。对于他的文学成就,褒之者以为他是"词家之冠"、"词中老杜"、"集大成者";贬之者却称之为"御用词人",说其词"旨荡"、"未得为君子之词",甚至说其词是"亡国哀音"、"形式主义逆流"。如此等等。

究竟应当怎样看待周邦彦其人其词,才是公平允当的呢?

中国传统的文学批评向来注重"知人论世",我们现在就先来看看,周邦彦的政治倾向和道德品行到底有多大"问题"。他对王安石新法的态度,有其《汴都赋》为证。这篇大赋中确有大段大段的颂扬熙丰新政的文字,原文俱在,无可怀疑。宋神宗正是看中这一点,才将周邦彦从一个普通的太学外舍生破格擢拔为太学正的。南宋著名学者叶适在其《习学记言序目》卷47中就指出周邦彦"惟盛称熙丰兴作,遂特被赏识";楼钥《清真先生文集序》更说明邦彦"以一赋而得三朝(按指神宗、哲宗、徽宗)之眷。"可是直到近年,还有学者发表文章,硬说《汴都赋》里没有歌颂熙丰新政的内容,硬说宋神宗之所以超擢周邦彦,仅仅是赏识其文学才华,而不是出于政治考虑。以此来证明周邦彦早年"对新旧两党均无依附"。这就不是实事求是的态度了。话说回来,歌颂过新法的人不一定就是新党的成员,从周邦彦一生的行迹来看,他始终只是一个纯粹的文人,而不是政客,没有什么材料证明他曾经热衷于参与当时的党争或其他党派活动。可是论者在力证周邦彦早年既非新党也非旧党之后,却又将他的晚年与新党联系起来。为了证实周邦彦晚年"名节有污",把他和北宋晚期已经变质的新党——蔡京一伙硬扯在一起。对这个问题考证来考证去,"过硬"的材料无非还是人所熟知的这样两条:一、周邦彦与蔡京死党刘昺关系密切;二、周邦彦曾向蔡京献生日诗曰:"化行《禹贡》山川内,人在周公礼乐中。"其实这两条材料根本不能说明周邦彦与蔡党有什么特殊关系,更不能证明他晚年"名节有污"。拙著《周邦彦传论》第四章对这两条材料的可信度,以及即使它们完全可信又能说明多大问题,曾作了详细的辨析,此处不赘。周邦彦晚年官位升高,乃是循资格以升迁的结果(其实他晚年官位也不怎么高,在朝仅为馆阁之职,在外仅为州府之长,最高也才是个正四品,显然并非由于攀上了权贵得以骤然超拔,而是几十年循资而进的结果),同时也与他文名日盛,受到宋徽宗赏识有关。关于周邦彦的政治态度和人品节操,还是王国维《清真先生遗事·尚论三》中的下述一段评论比较平实和中肯:

> 先生于熙宁、元祐两党均无依附,其于东坡为故人子弟,哲宗初,东坡起谪籍掌两制时,先生尚留京师,不闻有往复之迹,其赋汴都也,颇颂新法,然绍圣之中不因是以求进。晚年稍显达,亦循资格得之,其于蔡氏亦非绝无交际。盖文人脱略,于权势无所趋避,然终与强渊明、刘昺诸人由蔡氏以跻要路者不同。此则强焕政事之目,或属谀词;攻媿

（楼钥）委顺之言，殆为笃论者已。徽宗时，士人以言大乐、颂符瑞进者甚多，楼《序》、《潜志》均谓先生妙解音律，其提举大晟府以此，然当大观、崇宁制作之际，先生绝不言乐，至政和末蔡攸提举大晟府，力主田为而排任宗尧。先生提举适当其后，不闻有所建议，集中又无一颂圣贡谀之作，然则弁阳翁所记"颇悔少作"之对，当得其实，不得以他事失实而并疑之也。

澄清了所谓"政治品德"问题之后，让我们再来看一看周邦彦在词的创作上应该得到什么样的评价吧。

如人们早已熟知的，长短句的合乐歌词是隋唐之际兴起的一种新的音乐文学样式，经过晚唐五代和北宋前期的发展，它已经高度成熟和繁荣，积累了丰富的艺术经验。从北宋词的发展情况来看，柳永、苏轼先后对词体艺术进行了大幅度的开拓和革新，各自取得了创体开派的辉煌成就，但也留下了一些有待后来者加以解决的重大艺术课题。柳永固然扩大了词的题材和境界，并大量创制了慢词,对词的艺术形式多所贡献,但他的词风趋向于市民化、俚俗化,而为以雅词为主流的文人词坛所不能接受;他虽大量创制长调慢词,但究属草创,其章法、技法尚未臻于完密和多样化,所创之新调的音律、格律尚待进行一定的审理、精炼和规范。苏轼继柳永而起,病世俗歌词反映生活范围之狭窄和抒情功能之低下,鄙柳词之"词语尘下",乃"以诗为词",借社会流行的这一新兴体制,抒写文人士大夫的"逸怀浩气",使词的内容变得丰富,抒情功能大大提高。苏轼的革新预示了词的发展新方向和词的新流派的必然产生,但他的新词风因为与文人词以抒写艳情为主、以谐音协律为美的传统有所背离,而不能为当时词坛所认可和接受。就连他的门生也毫不客气地批评他"小词似诗"(晁补之、张耒语),说是"子瞻以诗为词,如教坊雷大使之舞,虽极天下之工,要非本色"(陈师道语)。问题就这样明摆在当时的词坛上:苏轼词中的创新之作,"高处出神入天"(《碧鸡漫志》语),自不易为笃守时尚的同时代文人所理解和接受;而自柳永开始的一派被士大夫们普遍斥之为"滑稽尘下"的词,更不能登大雅之堂。词坛在期待一种折衷于柳、苏二派之间,于音律和谐规范之中兼求词章之婉丽典雅,以便大家都能接受的新词体与新词派产生。

周邦彦正是这样一位应运而生的词坛新领袖。他自幼博涉百家之书,有深厚的辞章修养;同时他又妙解音律,有"顾曲周郎"之誉。得天独厚的音乐与文学的双重才能使得他作起词来,既重文学抒情功能,又重其本来应有的音乐功能;既重篇章辞句,又重音律之美;能清能丽,亦雅亦俗。从风格情调和艺术技巧上来看,他的词的确称得上是当行本色的好词。他虽着意于炼字锻句,严格地谐音协律,以致被后世一些词论家目为宋词中"格律派"的开山祖,但其词尚不失为"诗人之词",因为它们不但富于典雅柔和的音乐美,而且也有极强的文学抒情功能。他把词发展成了音乐语言与文学语言紧密结合的抒情艺术形式。平情而论,清真词多写羁旅行役的哀愁和男女相思之情,在题材、意境方面比起前人来并没有什么开拓和突破,但他的作品呈现了鲜明的创作个性和属于那个时代的思想特质,具有一定的艺术典范意义。他创调颇多,不少名篇婉丽浑成而又格律精严,章法井然而又技法繁复,因而为历代尊崇婉约"正宗"的词家所推许,奉之为圭臬。照我们看来,他在词史上的主要作用在于:他以自己典丽缜密的作品在那令人眼花缭乱的北宋词坛上提供了一套规范化的艺术标准,并在词的音律、语言、章法和技巧等方面为后人提供了有辙可循的借鉴。由于他对词的艺术有如此重大的贡献,所以人们公认他是晚唐五代以来"婉约正宗"词的艺术传统的总结者,又是南宋中后期主流词风的开启者,是宋词发展由北转南、承上启下的一大枢纽。

清人周济称周邦彦为"集大成者",近人王国维又称之为"词中老杜",对于这两个崇高的称呼,论者多不以为然,以为评价未免过头。我本人也以为,不加限制和分析地使用这两个词语来颂扬周邦彦,实属溢美。"集大成者"是一个至高无上的称号,原是孟子用来评价儒家的大圣人孔子的,若要移用来评价作家,则须是伟大作家,才可能得到人们的普遍认同。周邦彦显然不够"伟大作家"这个级别。至若"词中老杜",则自古以来人们之所以推崇杜甫，都是对其诗歌的思想性与艺术性并重的，而周词的思想内容无论如何也不能与杜诗同日而语，笼统地以周比杜，也不相宜。不过如果我们对这两个称呼仅取其部分含义，并加以一定的范围限制，说周邦彦是晚唐以来"正宗"婉约词艺术技巧的集大成者，他在词调、词体、词法等方面的开拓和总结，有似于作为诗家的杜甫对诗歌艺术的贡献，则大致允当了。

　　照我们上面表达的看法，周邦彦在宋词史上的重要地位和重大贡献是本无疑问的。人们之所以对周邦彦其人其词的评价有分歧，主要是因为有一种过分看重文学的政治教化功能的传统观念在长期作怪。这种观念源于道学家"文以载道"的主张。道学家强求本应是一种审美形态的文艺作品统统去载儒家之道，言儒家之志，认为文艺作品应该为政治教化服务，其风格也须统统归于"雅正"。持此种观念者，还进一步要求文学家的人品、道德必须完全符合儒家的标准，并且要求文学家的人品与文品完全一致。试想周邦彦既是一个"疏隽少检，不为州里推重"、"性落魄不羁"的风流才子，品行、为人如此不符合儒家的规范，又还要去赶宋代都市里的时髦，频频出入秦楼楚馆，与歌妓们亲密交往，写那么多男欢女爱的艳丽小词来供她们演唱，其人其词不被人非议才是怪事呢！比如刘熙载论词多有卓见，但偏偏论到周邦彦时，要先悬出一个"论词莫先于品"的标准，认定周词"旨荡"、"当不得一个'贞'字"、"未得为君子之词"（《艺概·词曲概》），等等。刘氏所谓"品"，指人格标准；所谓"贞"，指道德标准；所谓"旨荡"，则是斥责周词不合于儒家诗教，属于淫荡的"郑卫之声"。这完全是在以道学家的眼光评词。恰如有学者已经批驳过的，刘熙载以"士大夫之词"和"君子之词"为词学批评的标准，是一种腐儒之见，因为周邦彦之词多是应歌之词，而北宋应歌之词是在灯红酒绿的场合上作的，不是在"文庙"里做的。（参见罗忼烈《两小山斋论文集·王国维与清真词》）新中国建立以后的头三十来年里，由于"左"的政治文化的影响，文艺批评高悬"政治标准第一"（有一段时间甚至是政治标准唯一）的鞭子，文学史上一大批被认为没有反映社会现实、"思想内容"不好，而多写爱情相思、风花雪月和个人哀愁的古代作家遭到了批判和排斥。周邦彦这位"艳词作家"更成了重点批判对象：人们因为苏轼已经扩大了词的题材而作为晚辈的周邦彦却专写恋爱相思，就斥责他"冶荡无聊"，是在"走回头路"，是代表"逆流"；因为他曾短期提举大晟府，就给他扣上"御用词人"的帽子（其实他的词中并无颂圣贡谀之作）；甚至因为他曾与乱政误国的蔡京集团的某些成员有往来，就要他也对北宋的灭亡承担责任，直斥清真词为"亡国哀音"。如此等等，不一而足。这种以政治标准取舍词人词作的"新"理论，其实是和前述的古代道学家文论一脉相承的，都是不把文学当文学，而是把文学视为政治的婢女。今人应牢记历史的经验和教训，以便我们在研究和欣赏古代文学作品时，能真正把文学当文学，不要再犯用政治标准苛求像周邦彦这样的抒情文学作家的可悲错误。

周邦彦以"词人"的身份在文学史上占一席之地，但实际上他并不仅仅善于作词，还兼善诗、文、书法，是一个文艺上的多面手。只不过在他的几项所长之中，以词为最优,最有艺术个性和时代特色,因而就以"词人"称雄当世和扬名后代罢了。这正如王国维所说:"先生于诗文无所不工,然尚未尽脱古人蹊径。平生著述,自以乐府为第一,词人甲乙,宋人早有定论。"(《清真先生遗事·尚论三》)有鉴于此,我们这个选本只选评周邦彦的词,而不将其诗文列入选目,仅在叙述其生平和创作活动时择其有代表性者略加介绍(尽管他的诗文中也有不少值得品读的优秀之作)。而在他的词中,又以男女情爱和羁旅行役这两大类作品写得最多、最有特色。因此我们所选篇什也以这两类作品为主,由此庶几可以窥见周邦彦文学创作的主要精华。

这里再简单说说清真词中为什么这两类作品最多、最显作者个性。清真词之所以题材较狭窄,多以艳情、旅思两类作品见长,除了当时应歌的需要和时代审美风气(文人普遍地主张诗庄词媚、以诗言志而以词言情)的影响之外,还与周邦彦本人的身世遭遇和个性气质密切相关。打开清真词集我们不难发现,在其近200首作品中,除了早年初旅汴京时所作的少数青春欢乐的小词和一些应歌赠妓的应酬之作以外，其余大多数，无论咏物的、写景的、怀古的、羁旅行役的或是怀人忆旧的词，无一不笼罩着一层或浓或淡或明或暗的哀怨凄迷气氛。即使是专写男女恋情的词，也十之八九打入了身世之感。一切都似乎围绕着"身世不如意"这一感伤主题。可以说，长短句歌词是他排遣个人不得志的郁闷心绪的主要工具。他为什么总是喜欢描写东漂西泊的个人哀愁和相思失恋的痛苦呢？原因在于他的一生是经常受到当时社会和统治集团压抑的。其早年因生性落魄不羁而不为州里所推重，为官后又因种种原因屡遭冷遇或贬谪，"岁月仕宦，殊为流落"（楼钥序）。他才情旺盛，性格诚笃深挚，却又敏感脆弱，他向往自由美好的生活，追求深厚热烈的爱情，可是大半生追求的结果，在这两方面都未能如愿。这些失意叹恨的幽曲之情，是不宜表现在作为"正统文学"的诗和文里的，于是他把它们写进了最宜于表达个人心曲的词里。在爱情相思和羁旅行役两类词中，他对于同情和热爱他的人，对于过去的欢愉幸福念念不忘，因而怀人恋旧、惜春悲秋和伤离恨别的情绪特别浓厚，写得沉痛无比，怨气袭人。过去许多论者以政治标准来衡估他，或以苏轼那样的豪士的作词范式来苛责他，都没有探寻出一个真正的周邦彦。他既不是风节凛凛的政治家，也不是苏轼式的清通旷达之士，他就是他自己——一个北宋晚期衰乱社会里的感伤词人，一个多愁善感而柔弱细腻的抒情文学家而已。

以上所述，无非是要对周邦彦下这样一个基本的判断：无论从他的行事为人来看，还是从其作品所反映的实际内容来看，他都仅仅是一个与当时政治没有多大关联的极为纯粹的文人。我们今天来读他的词，主要是为了获取审美享受，并充分汲取其作品中蕴藏的诗性智慧。读者如能循着上文所提示的周邦彦心灵史的线索去阅读本书所选的作品，则对其人其词的正确认知和理解就会八九不离十了。

本书所入选的词，依据中华书局 1981 年出版的吴则虞校点《清真集》，并参考他本，对文字有所校正；特别是依据先师吴世昌先生的《〈片玉集〉中误字校记》一文，改正了几个误字。依照本套丛书的体例，不出校记。

对所选作品写作时地的认定或推测,则主要参考了王国维的《清真先生遗事》、龙榆生先生的《清真词叙论》和罗忼烈先生的《周清真词时地考略》。注释和讲评两部分,以本人研究所得为主,但也择善而从,尽可能多地参酌吸收了前人和时贤的研究成果,依照普及读物的编写惯例,未曾一一出注。谨在此说明,以示不敢掠美,并向他们致谢意。

一、初旅汴京

　　宋仁宗嘉祐元年(1056)，一代词人周邦彦降生在钱塘(今浙江杭州市)一个诗礼仕宦之家。

　　古老的杭州，既是风景名城，又是文化名邦。早在汉魏隋唐之世，这里的经济、文化就已经很发达，宋代则是这座古城在历史上的全盛时期。北宋时，杭州因经济文化高度繁荣而又兼有湖山之胜，被称为"东南第一州"。那位号称将仁宗皇帝在位四十二年的太平景象写尽的风流才子柳永，到杭州游览一番之后，被这里的种种繁华景象刺激得词技大痒，于是即兴挥毫，写下了咏杭州的千古名篇《望海潮》词：

　　　东南形胜，三吴都会，钱塘自古繁华。烟柳画桥,风帘翠幕,参差十万人家。云树绕堤沙。怒涛卷霜雪,天堑无涯。市列珠玑,户盈罗绮,竞豪奢。

重湖叠巘清嘉,有三秋桂子,十里荷花。羌管弄晴,菱歌泛夜,嬉嬉钓叟莲娃。千骑拥高牙。乘醉听箫鼓,吟赏烟霞。异日图将好景,归去凤池夸。

从这首词的形象而生动的铺叙,我们大略可以窥见宋仁宗时期钱塘江的壮观、西子湖的清景、杭州城的繁华以及此地上层社会生活的豪奢。日益高涨的封建城市经济和不断丰富的物质文化、精神文化生活,滋养和培育了这一地区的文化精英人物,促进了这一地区文学艺术的发展。驰名全国的骚人墨客,不断地从这个山水灵秀之城涌现出来。单是在北宋前期,这个东南都会就向全国文坛输送了潘阆、钱惟演、钱易、林逋、元绛、强至、沈辽、沈括等著名的诗人和作家。自古以来,华夏大地上的某一文化名邦,总会在某个特定的历史时期人才辈出,形成前后相续的强大作家群体,群星灿烂,光耀一代。周邦彦,便是宋代杭州作家群中后来居上并成为标志性人物的一位。当然,周邦彦之所以成为北宋词坛大家,除了乡邦文化的滋养,还得益于家族文化的培育。

钱塘周氏家族,是一个从五代十国后期就有名于乡邦的诗礼仕宦之家。据北宋人吕陶所撰写的周邦彦之父周原墓志铭记载,邦彦的五世祖周某在五代吴越时曾仕于钱氏王朝。钱氏纳土降宋时,邦彦的曾祖仁礼年纪尚幼,按照宋太宗的诏令,随父辈迁居汴京。大约在邦彦祖父维翰一代,周氏一家又迁回了钱塘。周维翰生有二子:长子即邦彦之父周原,少子为周邠。周原字德祖,虽饱读诗书,却未曾入仕,以"处士"终其身。周邠字开祖,景祐三年(1036)生。仁宗嘉祐八年(1063)即周邦彦八岁那年登进士第。他是当时著名文学家陈舜俞(苏轼之友,"湖州六客"之一)的女婿。周邠既是一位能干的官吏,又是一位有才华的诗人。他与苏轼同年且相交甚深,友谊十分长久。神宗熙宁四年,周邦彦十六岁时,苏轼来到杭州任通判之职。苏轼在任的三年期间,经常与周邠联袂出游,饮宴唱和。西湖边的有美堂上、灵隐寺中,常常回荡着他们的吟诗唱曲之声。苏轼的杭州诗作中多次提到的"周长官",就是这位周邠。

由于与苏轼的亲密关系,神宗元丰二年(1079)新党制造"乌台诗案",逮捕迫害苏轼时,无辜的周邠也被牵连,受到赎金的惩罚。周邠名重于当时,不但为苏轼所推重,而且与老词人张先、著名诗僧道潜(别号参寥子,浙江於潜人)等人也有交游唱和。事有凑巧,元丰四年,周邠知溧水县,十二年之后(哲宗元祐八年,1093),邦彦也来到溧水任知县。邦彦对这位叔叔十分尊崇,他现存诗歌中还有称颂周邠的专章《芝术歌》等。

周原虽然布衣终身,未曾在政坛、文坛有所作为,但他对儿子邦彦的影响也不容忽视。据吕陶所撰墓志铭记载,周原共有三子(邦直、邦镇、邦彦)一女,其中只有邦彦一人成名成家。周原为小儿子取名邦彦,字美成,就是用《诗经·羔裘》"彼其之子,邦之彦兮"和晋代陆机诗"邦彦应运兴,粲若春林葩"的含义,要让他成为邦国之佳士。周原是一个尊崇诗书典籍以至于顶礼膜拜的人,据记载,他"家有藏书,清晨必焚香发其覆拜之。有笑者,辄曰:'圣贤之道尽在是,敢不拜耶?'"(见吕陶所撰墓志铭)这种对书籍的极端崇拜所造成的家庭文化氛围,无疑对周邦彦的成长起了巨大的作用。邦彦之所以能"博涉百家之书"(《宋史》本传),后来创作之时能使"经史百家之言盘屈于笔下"(楼钥《清真先生文集序》),显然是与这种极其浓厚的家庭文化熏陶分不开的。

周邦彦长大之后果然成名了,不过却没有成为他那奉儒守官之家所期望的正统文人,而是成了一个与唐代的李义山、杜牧之、温飞卿和同时代的柳永相似的风流才子。大约还在居家的少年时期,他就有点风流浪荡,不护细行,因而史传才描写他如何如何地"落魄不羁"、"风流自命","不为州里推重"。从历史材料中的这些闪烁其词、语焉不详的记载里,我们可以推知,少年周邦彦大约曾受到家乡上层社会舆论的压抑和有势力的父老们的冷遇,日子是不怎么好过的。杭州虽然十分美丽,但毕竟只有"一勺西湖水",远不够蛟龙嬉戏搏击;杭州虽然文化发达,毕竟僻处东南一隅,不够高才健足者纵横驰骋。诗书满腹的周邦彦不甘受压抑和冷遇,更不愿默默无闻地老死乡里,他在急切地寻求出路。元丰二年(1079),太学奉诏增太学生舍为 80 斋,每斋定员

30 人；其中外舍生 2 000 人，内舍生 300 人，上舍生 100 人。二十四岁的周邦彦赶上了这个"扩大招生"的机会，被录取为外舍生，其欢欣鼓舞之状可想而知。于是他辞别父母之邦，北渡长江，取道天长（今属安徽），迤逦来到汴京。

汴京，这个远比杭州热闹繁华的花花世界，使年轻的周邦彦惊奇万分。恰如他后来在《汴都赋》中所追述的，自己来自"微邦陋邑，未睹乎雄藩大都"，"观土木之妙，冠盖之富，炜烨焕烂，心骇神悸，瞑眴而不敢进，于是夷犹于通衢，彷徨不知所届"。这些话或许有些夸大其词，不过我们知道，宋朝从十世纪中期定都汴京到元丰年间已经 120 来年，赵家皇室集中全国的人力物力，从政治、经济、军事、文化各方面优先而且大规模地经营汴京，使这片中州胜地成了全国最大的消费中心和文化乐园。熙宁、元丰年间，王安石新法的实施更给这个本来就十分繁富的帝都锦上添花。在这样一种背景之下，年少风流的周邦彦踏进这块土地，正所谓"得其所哉"，他感到既惊且喜，这就是十分自然的事了。他初旅汴京，固然主要是为了读书求仕，但也受到了帝都太平享乐生活的感染和召唤。每当他于太学读书之暇漫步六街九衢，时时使他双目迷乱的，自然是如孟元老《东京梦华录》中所描绘的如下一派景象：

> 太平日久，人物繁阜。垂髫之童，但习鼓舞；斑白之老，不识干戈。时节相次，各有观赏。灯宵月夕，雪际花时，乞巧登高，教池游苑。举目则青楼画阁，绣户珠帘。雕车竞驻于天街，宝马争驰于御路。金翠耀目，罗绮飘香。新声巧笑于柳陌花衢，按管调弦于茶坊酒肆。八荒争凑，万国咸通。集四海之珍奇，皆归市易；会寰区之异味，悉在庖厨。花光满路，何限春游；箫鼓喧空，几家夜宴。技巧则惊人耳目，侈奢则长人精神……

这样的文化环境，无疑深深地影响了周邦彦的日常生活和早期的文学创作。北宋曲子词的繁荣，本来就和城市经济文化的发展与青楼瓦肆的大量涌现密不可分。当时都市里官妓、营妓、私妓等各色妓女云集，她们多善唱曲子,并以这种时髦的艺术表演来满足中上层社会文化娱乐的需要。于是曲子词成了风行于汴京的最受欢迎的文艺样式。早在宋仁宗时期,汴京城里就到处"歌台舞榭,竞赌新声",社会对于曲子词的大量需求,刺激了这个文艺新品种的蓬勃发展。文人的雅集,官僚的饮宴,一定要歌儿舞女们助兴,词手们往往即席填词供她们演唱,这就是所谓"应歌之词"。艺术上进行合作的需要,加强了词人与歌妓之间的交往。而这种异性之间的经常性的、"郎才女貌"式的亲密接触,自然会产生绮情艳思。所以词人们在填写"应歌之词"的时候,或代歌妓言情,或干脆将自己与歌妓之间的情事写进去,这样就使得北宋词里的"绮罗香泽之态,绸缪宛转之度"比比皆是。但当时的人们对此并不觉得有什么可奇怪的。试看,大名鼎鼎的文学家晏殊父子、张先、欧阳修、苏轼、秦观、黄庭坚等人,无不填写了大量的此类应歌赠妓之词。在他们之后步入汴京文坛的周邦彦,自然跟随时尚,追随前辈和同辈,作起应歌之词来。他初旅汴京之前是否作过词,由于材料缺乏,我们已无法下一个肯定的结论。从他现存作品来判断,其写作年代较早的词,应是初旅汴京时写的一批温柔狎昵、软媚浑成而又欢快明朗的恋妓赠妓之作。

少 年 游

并刀如水①,吴盐胜雪②,纤手破新橙③。锦幄初温④,兽香不断⑤,相对坐调笙⑥。

低声问:"向谁行宿⑦? 城上已三更。马滑霜浓,不如休去,直是少人行⑧。"

① 并刀:并州(今山西太原)出产的刀剪,以锋利著称。
② 吴盐:指淮盐,一种颗粒细匀、晶莹如雪的优质盐。因橙味带酸,故古人吃橙时常以盐来中和。
③ 纤手:女子柔嫩的手。
④ 锦幄(wò):华丽的帷帐。
⑤ 兽香:兽形香炉中冒出的香烟。
⑥ 调笙:调音吹笙。

⑦ 谁行(háng)：哪边，何处。行，宋代口语，这里、那里的
意思。

⑧ 直是：真是，正是。

　　这是周邦彦初旅汴京时期所写的一首恋妓词，它写
的是年轻的词人与京城里的一位歌妓在冬夜里的一次
温馨的交往。上片写美人热情待客。纤手香橙，快刀晶
盐，食美味甘；闺房初温，相对吹笙，情投意合——这一
切都从男方眼中见出。下片则改用女方的口吻来传情，
说是："现在已经是三更天了，您还要到哪里去? 外面路
上霜浓马滑，行人稀少，多不安全呀! 您就在这儿过夜
吧!"通篇情深而语隽，所述之事香艳已极，亲昵已极，却
丝毫不庸俗，更不涉猥亵。小令中居然有对话，而且是切
合人物身份和性格的对话。以叙事的方式来抒情，人物
形象的刻画和生活细节的描写更是十分细腻逼真。

　　关于这首词，南宋的一些笔记小说曾编造"本事"，
说它是周邦彦与宋徽宗共狎汴京名妓李师师，一次周躲
在床下，偷窥徽宗与师师欢会之状后所作。对于这种没

有事实根据的无聊编造,近代及现代学者王国维、郑文焯、吴世昌、罗忼烈等早已著文力斥其诬妄不可信,笔者赞同他们的辩诬,不再详说。总之,这首小令所记述的,无非是周邦彦自己初旅汴京时(那时宋徽宗还只是襁褓中的婴儿。按:徽宗生于元丰五年)在秦楼楚馆的一次艳遇。这在当时文人士大夫中本是司空见惯的事。这是一种"时兴"的题材,内容上根本没有任何值得人们大惊小怪的特殊之处。但它之所以能够得到历代词话家的一致推许和赞扬,主要还是因为其艺术上的当行本色和炉火纯青。如王又华《古今词论》引毛稚黄评此词"意思幽微,篇章奇妙,真神品也";许昂霄《词综偶评》赞扬其"清景如绘";周济《宋四家词选》称其为"本色佳制";陈廷焯《云韶集》点评其为"秀艳",如此等等,都是着眼其艺术特色的。

一　落　索

眉共春山争秀[①],可怜长蹙[②]。莫将清泪湿花枝③,恐花也、如人瘦。　清润玉箫闲久④,知音稀有⑤。欲知日日倚阑愁,但问取、亭前柳⑥。

① 春山:古人常将美女的眉毛比作春天的远山。郝经《阳春怨》诗:"隔花半面春山颦。"

② 可怜:令人怜爱。

③ 湿花枝:语本李商隐《天涯》诗:"莺啼如有泪,为湿最高花。"

④ 清润:指箫声的清脆圆润。玉箫:玉饰的箫管,箫的美称。

⑤ 知音稀有:语本汉《古诗十九首》之一:"不惜歌者苦,但伤知音稀。"知音,知己、知心的人。这里特指精通音乐的作者和歌妓之间在艺术上的心灵相通。《列子·汤问》:"伯牙善鼓琴,钟子期善听,伯牙鼓琴声志在高山,钟子期曰:'善哉,峨峨兮若泰山!'志在流水,钟子期曰:'善哉,洋洋兮若江河!'"钟子期死,伯牙破琴绝弦,终身不复鼓琴。

⑥ 问取:问着。取,语助词,表动态,"着"、"得"之意。李白《短歌行》:"歌声苦,词亦苦,四座少年君听取。"亭前柳:古代道路上五里设一短亭,十里设一长亭。古人有折柳送

别的风俗，故云。周邦彦《兰陵王·柳》："长亭路，年去岁来，应折柔条过千尺。"

据沈雄《古今词话》引《耆旧续闻》："周美成至汴京，主角妓李师师家，为作《洛阳春》（按即《一落索》），师师欲委身而未能也。"此词是否为李师师而作，已难以确认，从词的描写内容和风格情调来看，大约是初旅汴京期间赠妓之作。这首小令代妓言情，生动地描写了一个多愁善感的妙龄乐妓与她的知音识曲的情郎分别之后的相思悲苦之状。上片先通过对此女美丽形象的精心描写，展现了她独处闺中的相思愁苦之状。"莫将"二句，说是不要让泪水洒到花枝上去，只怕花枝沾上泪水，感染了美人的愁情，也会像美人一样瘦损。以花写人，十分传神。李清照《醉花阴》词的"莫道不消魂，帘卷西风，人比黄花瘦"，同臻其妙。下片代美人诉其满怀的相思哀愁。看来这一对男女之所以相恋不舍，最主要的原因在于他们之间有着艺术上的"知音"关系，因此女主人公才伤心地感叹："清润玉箫闲久，知音稀有。"这是全篇抒情的核心，所以乔大壮手批《片玉集》评曰："'知音'句，可叹。"词的结尾指柳言情，愈发显得婉转含蓄，余韵悠长。

凤 来 朝

佳 人

逗晓看娇面①。小窗深弄明未遍②。爱残朱宿粉云鬟乱③。最好是帐中见。　　说梦双蛾微敛④。锦衾温、酒香未断⑤。待起又如何拚⑥。任日炙画栏暖⑦。

① 逗晓：临晓，到天明。逗，临，到。娇面：指女子娇嫩美好的面容。

② 弄明：指清晨的阳光晃漾在窗口。

③ 残朱宿粉：指女子脸上残留的昨夜脂粉。云鬟：女子发鬟如云。杜甫《月夜》诗："香雾云鬟湿，清辉玉臂寒。"

④ 双蛾：女子的双眉。敛：皱眉头。

⑤ 锦衾：锦缎制的被子。《诗经·唐风·葛生》："角枕粲兮，
　锦衾烂兮。"

⑥ 拚(pàn)：唐宋时口语，割舍、甘愿之意。

⑦ 炙：本义为烧烤，这里指太阳暴晒。

　　这也是一首恋妓词。它着力描写一位昨宵酒醉、清
晨初醒的美人惺忪娇慵的情态，借这种带着强烈的主观
倾向的形象化描写，寄寓了作者对美人的怜爱与贪恋之
情。全篇以姿态胜，陈元龙注《片玉集》题为"佳人"，十
分贴切，它写佳人的姿态实在是惟妙惟肖。俞平伯《清
真词释》称赞本篇说："好一幅晓窗睡美人也。天生一
段好，真真好得来，认识的也知道好，不认识的也知道
好，你点头不呢？"上片先写天刚破晓时闺房中的朦胧
之状和美人未醒时的娇憨慵懒之态。"逗晓看娇面"，
入手擒题。一个"看"字，说明画面上的一切都从男方
的眼中见出：美人宿醒未醒，男的见窗口射进亮光，知
道天已破晓，先爬起身来，但又舍不得床上的美人，回过
头去张望她。在晓色朦胧、半明半暗的窗下，回看到她

残妆犹存的娇脸,不觉又怜又爱,忍不住重新钻回帐子里,想和她再缠绵一番。这一折腾,美人醒了——于是下片专写她醒后的种种娇慵懒散的情态。她在情郎的怀里撒娇,微微地皱着眉头向他诉说自己刚才做的一个什么梦。她掀开温暖的锦被坐起,边说话嘴里还散发出一缕缕酒香。磨蹭了半天,太阳已经照得老高了,该起床了,但他们还不甘愿起来,任太阳把窗外刻着花纹的栏杆晒得热乎乎的。这首词的内容并没有给人以多少新鲜感,但难得的是作者观察人物和生活十分仔细,用最精炼、最香艳的文字把特定环境中的人物及其情事给描写出来了。沈雄《古今词话》引南宋陈鹄《耆旧续闻》说:周美成"为作《洛阳春》(《一落索》之别名),师师欲委身而未能也。与同起止,美成复作《风来朝》云"。本篇是否如陈鹄所说是赠李师师之作,已难以确考,但它大概是邦彦初旅汴京时赠给一个妙龄歌妓的作品,则是可以推知的。清真词的一个主要的艺术特色是善于通过细致的叙事和形象化的人物描写来寄寓感情,这一点在他的早期作品中就已经表现出来了。

望 江 南

咏 妓

歌席上，无赖是横波[①]。宝髻玲珑欹玉燕[②]，绣巾柔腻掩香罗[③]。人好自宜多[④]。

无个事，因甚敛双蛾[⑤]？浅淡梳妆疑见画，惺松言语胜闻歌[⑥]。何况会婆娑[⑦]。

① 无赖："可爱"的意思。这是爱极而故意骂詈之词，与寻常使用"无赖"时的含义正好相反。横波：眼光流动如同清澈的水波。傅毅《舞赋》："眉连娟以增绕兮，目流睇而横波。"

② 宝髻：发髻的美称。玲珑：细致精巧。欹(qī)：斜。玉燕：燕形的玉钗。

③ "绣巾"句：是说这位女子的香罗绣花手帕很柔软，还染有香脂。

④ 人好(去声)：人人喜爱。自宜多：多所相宜。这句是说：她之所以招致人人喜爱，是因为她身上与人们的审美标准

相投合之处很多。

⑤ 因甚：为何、为什么。敛：皱眉头。双蛾：女子的双眉。

⑥ 惺松：轻快、灵活。

⑦ 婆娑：舞蹈。《诗经·陈风·东门之枌》："子仲之子,婆娑
其下。"

　　与上面所介绍的那一首《一落索》一样,本篇也是
作者初旅汴京时赠妓之词。据南宋周密《浩然斋雅谈》
所记,这是邦彦一次在某亲王的筵席上即席挥毫赠给一
位舞妓的。小词用简练而生动的语言,寥寥几笔,就描
画出一个容貌美丽、性格活泼而又能歌善舞的妓女的形
象。这个形象形神兼备,个性鲜明,且全篇格调轻快,语
言流丽,上下片描画美人形貌的两联对句也十分工整,
由此可见周邦彦语言艺术技巧之高。

秋 蕊 香

乳鸭池塘水暖①,风紧柳花迎面。午妆粉

指印窗眼②,曲里长眉翠浅③。　　问知社日
停针线④,探新燕⑤。宝钗落枕春梦远⑥。帘影
参差满院⑦。

① 乳鸭:小鸭,雏鸭。李贺《恼公》诗:"曲池眠乳鸭,小阁睡
　娃童。"水暖:用苏轼《惠崇春江晚景》"春江水暖鸭先知"
　诗意。

② "午妆"句:是写女子午妆刚罢,手指上还沾着残粉,就把它
　一点一点地印在窗眼纸上。窗眼,指窗户上一个一个的
　小孔。

③ 曲里长眉:指女子的眉毛描得弯弯的、长长的。李贺《许公
　子郑姬歌》:"自从小阕来东道,曲里长眉少见人。"

④ "问知"句:正要拿起针线来做,忽听得今天是春社日,就停
　下了手中的活计。这句是化用唐张籍《吴楚歌词》:"亭前
　春鸟啄林声,红夹罗襦缝未成。今朝社日停针线,起向朱
　樱树下行。"社日,古时春秋两次祭祀土神的日子,这里指
　的是春社。宋张邦基《墨庄漫录》卷九说:"今人家闺房于
　春秋社日不作组纫,谓之忌作,故周美成《秋蕊香》词
　云云。"

⑤ 新燕：燕子是候鸟，春社时来，秋社时去，今天是春社日，故称燕子为新燕。

⑥ 宝钗：发钗的美称。

⑦ 参差(cēncī)：长短不齐的样子。

　　这首小词以简练含蓄的笔法，描写思妇春日抑郁无聊的情态。上片头两句，写春日庭院里明媚的景色触发了美人的怀人念远之情。后两句，刻意描写美人午妆施脂粉、画眉毛的两个细节，贴切而新颖地表现出她的无聊情状。尤其是"午妆"一句，写她涂脂抹粉之后，将手指上残留的脂粉去一点一点地印在窗眼纸上，其百无聊赖、无事找事做的情态一下子就跃然纸上了。接着，下片前两句写她放下手中的针线活去探看新来的燕子，这是进一步突出表现她的无聊情状。最后两句，才正面写出她的怀人念远之情——她终于躺到床上，做起了春梦，梦见自己去很远很远的地方，寻找那离家很久不归的他。她在梦中是否找到了他，词中没有交代，只以"帘影参差满院"这样一句景语作结，显得十分含蓄而有余味。陈洵《海绡说词》评此词曰："春闺无事，妆罢唯有睡耳。作想象之词最佳，不必有本事也。'梦春远'，妙；此时风景，皆消归梦中，正不止一帘内外。"所评甚当。

南 乡 子

晨色动妆楼①，短烛荧荧悄未收②。自在开帘风不定③，飕飗④。池面冰凘趁水流⑤。

早起怯梳头⑥，欲绾云鬟又却羞⑦。不会沉吟思底事⑧，凝眸⑨，两点春山满镜愁⑩。

① 晨色：拂晓时天空发出的亮光。动：指有人起身活动。

② 荧荧（yingying）：微光闪烁的样子。未收：未曾熄灭。

③ "自在"句：是说帘子（窗帘和门帘）在晨风中飘荡不定。语本唐李益《竹窗闻风寄苗发司空曙》诗："开帘风动竹。"

④ 飕飗（sōuliú）：象声词，风声。

⑤ 冰凘：水面解冻时的浮冰。

⑥ 怯：害怕。

⑦ 绾（wǎn）：盘结。云鬟：古代女子的环形发髻。参见前《风来朝》注③。

⑧ 不会：不解，不懂得。底事：何事，什么事。

⑨ 凝眸：目不转睛。形容注意力高度集中。

⑩ 春山：以春天山色如黛（青黑色）来比喻女子的眉毛。此句是化用魏承班《菩萨蛮》"眉间画得山两点"词句和常理《古离别》"小胆空房怯，长眉满镜愁"诗句而成。

　　本篇写初春时节闺中少妇的愁情。作者选取少妇晨起梳妆、对镜凝眸沉吟的细节，含蓄地表现了她的满腹哀怨之情。词的章法虽然还是常见的上片写景、下片抒情，但具体表现上有创新之处：上片景中已自含情，下片也非直抒其情，而是通过一连串动作描写来暗示感情，篇末才以点睛之笔把愁情揭示出来。上片通过写景暗示美人的情感状态。残烛微光，暗示她通宵未眠。风帘飘飞，冰澌流动，则象征她情感起伏不定，心绪十分杂乱。下片以人物动作的描述来点染其愁情。前两句，写她早早起来,想要梳妆,却又害怕梳妆。为什么会这样?是因为情郎不在,无心情梳妆打扮?还是怕对镜时发现自己因害相思而容颜憔悴了?这些作者都没有说,也无须说,留给读词者去想象和补充。词的末尾出现了一个很有特征的特写镜头:女主人公在梳妆台前沉思、出神,镜子里照出了她的两弯愁眉和一脸愁容。《草堂诗余正集》评点此词说:"晓景确。末句工在'满镜'二字。"

点 绛 唇

出林杏子落金盘[①],齿软怕尝酸[②]。可惜半残青紫[③],犹印小唇丹[④]。   南陌上[⑤],落花闲,雨斑斑。不言不语,一段伤春,都在眉间[⑥]。

① 金盘:描金花盘,盘子的美称。杜甫《野人送朱樱》诗:"金盘玉筋无消息,此日尝新任转蓬。"

② 齿软：牙床柔嫩，经不住酸的食品刺激。唐韩偓《幽窗》诗：
　"手香江橘嫩，齿软越梅酸。"

③ 半残青紫：指咬剩的杏子。青紫，指半青半紫、尚未熟透的
　新杏。

④ 小唇丹：女子红唇的印记。

⑤ 南陌：城南的大路。

⑥ "一段"二句：是说伤春惜春的一段愁情，都流露于美人紧
　锁的双眉之间。

　　此词明毛晋《宋六十名家词》本《片玉词》题作"残
杏"，似乎认定它是一首咏物之作。实际上它虽有咏物
的成分，却主要是写人，所咏之物（残杏）仅仅是叙事抒
情的一个媒介。词的上片写美人在汴京城南郊摘杏吃
杏的情景，齿软怯杏酸、残杏留唇印两个细节尤为生动
逼真。残杏为引发感情的触媒，美人之所以在杏林中皱
眉不语，当然首先是由吃杏嫌酸引起的，但如果事情仅
止于此，就没有多大描写价值了。善解人意的作者知道
美人皱眉另有隐情，她是因为品尝新果而触发了惜春伤

春之情。于是下片专门描写美人惜春伤春的情态。过片的三个三字句,写京城南郊风雨落花的残春景象,景中含情,惜春之意已隐隐然流露出来。结尾的三个四字句方才点题:美人皱眉不语,乃是为春天的逝去而感伤。此词既咏物写景,又写了人的心态,取得了咏物、写景、抒情三者合一的审美效果。全篇运笔工细,用字精约,情景历历而境界鲜明,充分显现了作者述事造境的高超技巧。

归 去 难

期 约

佳约人未知,背底伊先变①。恶会称停事、看深浅②。如今信我,委的论长远③。好彩无可怨④。泊合教伊⑤,因些事后分散。　　密意都休,待说先肠断。此恨除非是、天相念,坚心更守,未死终相见。多少闲磨难。到得其时,知他作甚头眼⑥?

① 伊:第三人称代词,他或她。这里指那位失约的男子。

② 恶:很,极。称停:忖度,评论。

③ 委的:确实。

④ 好彩:好运。彩,幸运之意。

⑤ 洎(jì):及,到。合:应,应该。

⑥ 头眼:面目,样子。

　　这是一首代言体的俗词。全篇用一个失恋女子的口吻说话,代她倾诉了对一位负心男子又怨又爱、并还有所希冀的复杂感情。词用当时民间口语写成,写得浅显通俗,明白如话。上片说,这一对恋人原先订下了局外人都不知晓的佳期密约,谁知那负心的男子背底里先变卦。那小子心眼太活,最善于忖度事情的火候和深浅。女的说:"现在他终于相信我了,但我因为受过骗,确实要从长远来重新考虑这个问题了。事情到了这步田地,我想叫他因为一些缘故和我分开一段时间,以此来考验考验他。"下片接着说:"我受了他的欺骗以后,满腔的柔情蜜意都没有了。待要向人诉说,先自肝肠寸断。我的怨恨,看来只有老天可怜见。但我始终还是爱着这个负心人的,我想,只要我还不死,最终还能和他相见。唉,爱情这东西,该要经受多少磨难啊!我不知道到了和他重新见面的时候,他又会做出什么面孔!"这首词,描写风尘女子的心态,真是惟妙惟肖。没有对她们的深切了解和同情,是不可能写得如此活灵活现的。周邦彦的词,大都有浓厚的书卷气,少数作品如这一首,却是地地道道的俗词。这类词堪称周邦彦词中的别调,它们的审美价值并不亚于他的那些雅词。

意 难 忘

美 咏

衣染莺黄①。爱停歌驻拍②,劝酒持觞③。低鬟蝉影动④,私语口脂香⑤。檐露滴,竹风凉⑥,拚剧饮淋浪⑦。夜渐深,笼灯就月⑧,子细端相⑨。　　知音见说无双⑩。解移宫换羽，未怕周郎⑪。长颦知有恨⑫，贪要不成妆⑬。些个事⑭，恼人肠。试说与何妨？又恐伊、寻消问息⑮，瘦减容光⑯。

① 莺黄：近似于黄莺羽毛的颜色。指歌妓的金缕衣。温庭筠《舞衣曲》："蝉衫麟带压愁香，偷得莺黄锁金缕。"

② 驻拍：指停止舞步的节拍。

③ 劝酒持觞：举杯劝酒。觞，酒杯。

④ "低鬟"句：她低下头来，发髻像蝉翼一样轻轻颤动。这是用元稹《会真诗三十韵》："低鬟蝉影动，回步玉尘蒙。"

⑤ 私语口脂香：这句用顾夐《甘州子》词："山枕上，私语口脂香。"私语，悄声细语。口脂香，唇脂的香味。

⑥ 竹风凉：从竹林里吹来的风十分凉爽。这是用白居易《渭村退居》诗："望春花景暖，避暑竹风凉。"

⑦ 拚(pàn)：甘愿。剧饮：痛饮。淋浪：酒水不断下滴的样子。陈元龙注《片玉集》引北宋舒亶诗："空得淋浪酒满衣。"

⑧ 笼灯就月：提着灯笼，就着月光。

⑨ 子细：即仔细。端相：正视，审视。

⑩ 知音：指精通音乐，妙解音律。见说：听说。无双：没有第二个，无与伦比。

⑪ 解：懂得。移宫换羽：变换乐曲的宫调。宫、羽，古代音乐分宫、商、角、徵、羽五调。周郎：原指三国时吴国的周瑜。他精通音乐，据《三国志·吴书·周瑜传》载："(周)瑜少精意于音乐，虽三爵之后，其有阙误，瑜必知之，知之必顾。故时人谣曰：'曲有误，周郎顾。'"周邦彦精通音乐，又恰与周瑜同姓，当时有"顾曲周郎"之誉，他自己也把书斋命名为"顾曲堂"，所以这里也是以"周郎"自指。

⑫ 长颦(pín)：久久地皱着眉头。

⑬ "贪耍"句：指这位歌妓贪图嬉闹，连刚刚化好的晚妆都弄得乱七八糟。

⑭ 些个事：宋代口语，犹如现在我们说"那些事"、"那些个事"。这里指作者即将与女方分离的若干事由。

⑮ 伊：她。寻消问息：打听消息。

⑯ 瘦减容光：面容消瘦，姿色减损。这是化用元稹《会真记》中莺莺的诗句："自从消瘦减容光，万转千回懒下床。不为

旁人羞不起,为郎憔悴却羞郎。"

　　这首词描写一位与作者交往甚密的知音识曲、活泼可爱的妙龄歌妓的形象,写得十分鲜明生动,给读者以如临其境、如见其人之感。在描写歌妓形象时,作者把自己也摆了进去,写了与她的亲密交往,写了两人的悲欢离合,写出了自己内心对她的一片深情。此词写得香艳已极,但却丝毫不涉狎亵,用语十分雅洁,熔唐诗成句与宋代口语于一炉,操纵自如地叙事、写人和抒情。词的大部分篇幅用来描写歌妓的形貌、神态、动作和个性:她打扮入时,形貌艳丽,能歌善舞,精通音律,在与男主人公单独相处时,既深情款款,又善于逗趣撒娇。她的一系列表现表面上给人以不知忧愁为何物之感,但实际上内心却隐藏着深深的愁苦——"长颦知有恨"——因为即将与情郎分离而暗自悲伤。至于男主人公这一面,明知即将离别,却犹豫再三,不敢对女方明言。作者在篇末将自己对女方百般温存体贴、生怕道出实情会使她受不住打击的心理情态刻画得十分细致入微,这一描写,尤见周邦彦抒情技巧之高超。诚如俞平伯《清真词释》所评:"执手临歧,断断有不忍说与伊行者。一经点破,上文艳冶都化深悲,而深悲仍出之以微婉。"信然。又,《古今词论》引毛稚黄评曰:"清真《意难忘》词,忽而欢笑,忽而悲泣,如同枕席,又在天畔,真所谓不可解、不必解者。此等最难作,作亦最难得佳。"说出了此词抒情的特点与难能可贵之处。

阮 郎 归

冬衣初染远山青,双丝云雁绫①。夜寒袖湿欲成冰,都缘珠泪零②。　　情黯黯③,闷腾腾④,身如秋后蝇⑤。若教随马逐郎行,不辞多少程⑥。

① "冬衣"二句:是说新制的冬衣呈青山之色,衣料用双丝绫缎织成,上面有秋雁白云的图案。白居易《缭绫》诗:"织为云外秋雁行,染作江南春水色。"

② "夜寒"二句：极言分别之夜泪流不止、依依不舍之状。缘。因为。零：落。

③ 情黯黯：心里悲苦，神情暗淡的样子。

④ 闷腾腾：因心情郁闷而无精打采的样子。

⑤ 秋后蝇：秋后天气变冷，苍蝇无力起飞，常常附着在物体上，不愿离去。这里以之比无精打采的人。

⑥ "若教"二句：意谓她虽然像秋后蝇一样软弱无力，但如果让她跟随郎君的马儿行走，她不管路程有多远都愿意去。《文选》刘孝标《广绝交论》注引《张敞集》云："苍蝇之飞不过十步，托骥尾之旄，乃腾千里之路。"此取其喻。

　　本篇以简练而生动的笔墨，描绘了一个冬闺思妇的形象。上片写这个女子在冬夜为远游不归的爱人赶制寒衣，下片写她刻骨的相思之苦。开头的"冬衣"二句，可以有两种理解：一解为描写这个女子自己身上所穿的衣服，二解为这个女子正在为爱人缝制寒衣。二解皆可通，但第二种解释文意更胜。接下来二句，写女子一边缝制寒衣，一边因想念爱人而哭泣，泪水打湿了衣袖，都快结成冰了。"夜寒"句看似夸张，实为写实之笔，突出地反映了思妇极度悲伤的心理情态。下片抒情，写法上一波三折，层层深入。先以"黯黯"状其情绪之低落，次以"腾腾"形容其心底的郁闷。接下来用了一个十分新颖的比喻——秋后蝇——形容相思女子身心俱极为疲乏的情状。苍蝇本是不洁不美之物，但因其秋后懒洋洋之状与思妇此时的情态正相似，作者取以为喻，这就变丑为美，准确地写出了思妇的精神特征。结尾二句，延伸苍蝇的比喻义，与南朝语典巧妙结合，充分地表现了思妇对爱情的无比执着和专一。看来秋后蝇的比喻有二义，一是形容思妇目前的憔悴疲乏之态，二是她设想自己若真是苍蝇，倒可以附在爱人的马尾，挥之不去，随他走遍天涯，不必再受相思之苦了。这个比喻，实为本篇在抒情艺术上的绝妙创造，所以俞平伯《清真词释》赞曰："然则秋蝇一喻，信为警策。"并引废名的评论说："看起来文学里没有可回避的字句，只看你会写不会写，看你的人品是高还是下。若敢于将女子与苍蝇同日而语之，天下物事盖无有不可入诗者矣。"

阮　郎　归

　　菖蒲叶老水平沙，临流苏小家①。画阑曲径宛秋蛇②，金英垂露华③。　　烧蜜炬④，引莲娃⑤。酒香醮脸霞⑥。再来重约日西斜⑦，倚门听暮鸦⑧。

① 临流：临水。苏小：即苏小小，是南齐时钱塘名妓。这里用来代指歌妓。唐罗隐《江南行》诗："油壁车轻嫁苏小。"

② 画阑：雕有花纹图案的栏杆。曲径：弯曲的小路。宛：宛然，仿佛、好像之意。这句是说，这里曲折的栏杆、弯弯的小路，形状都宛如秋蛇。

③ 金英：金花，指菊花。露华：指带露的花朵。华，同"花"。

④ 蜜炬：蜡烛。蜂采花蜜，酝酿成蜜，其房如脾，称为蜜脾。蜜脾之底为蜡，可以制烛。故古时称蜡烛为蜜炬。李贺《河阳歌》："觥船饫口红，蜜炬千枝烂。"

⑤ 莲娃：采莲女。即那位"苏小"。

⑥ "酒香"句：从晏殊《浣溪沙》"酒红初上脸边霞"句脱化而

来,形容美人喝酒之后脸色泛红。

⑦ 再来重约：为"重约再来"的倒装,意指再来赴约。

⑧ "倚门"句：是说人去屋空,天又黑了,只好靠在门边,听乌
鸦啼叫。

　　唐代诗人崔护写过一首《题都城南庄》诗："去年今
日此门中,人面桃花相映红。人面不知何处去,桃花依
旧笑春风。"这首词所写的,就是一个与崔护的遭遇相
似的爱情故事。此词虽是小令,内容却非常丰富,它采
用柳永慢词叙事时用过的现在——过去——现在的章
法,生动地表现了作者与之的惆怅之情。上片,作者先
把我们的视线引向"去年今日此门中"。时间是金秋,
地点是城郊的一个傍水的住宅的门前。那位美丽的
"苏小"就住在这里。这幢住宅极为幽美,却又给人以
几分神秘感：临水处是曲折蜿蜒的雕花栏杆,带露的金
菊重重掩映着庭院;花园里曲径通幽,状如弯弯的秋蛇。
环境的美让人联想到住宅主人一定也很美,但环境的静
谧也使人不禁担心这是不是一座空宅。下片开头,作者

的镜头由"现在时"切入"过去时",回忆起往昔他在这里与女主人的那次欢会。那是一个温馨的夜晚,堂上蜡炬高烧,宾主饮酒作乐,兴致甚高,女方酒兴亦豪,直喝得脸上涌起阵阵红霞……可是眼前呢?词的末尾无比憾恨地写道:"我今天重来赴约,怎料人去屋空!啊,夕阳西下,景物依旧,往事如梦,我枉自倚门而望,倾听着暮鸦的阵阵噪鸣!"俞平伯《清真词释》评曰:"周止庵评《瑞龙吟》曰:'不过桃花人面,旧曲翻新耳。'吾于斯篇亦云然,特写一清秋残日之崔护重来耳。"此篇虽是写前人写过的故事,但作者极善于述事造境,就景抒情,将清秋之景、梦中之人与怀人之情三者交融为一体,自成一种凄婉艳丽的艺术境界。

浣 溪 沙

　　争挽桐花两鬓垂①,小妆弄影照清池②。出帘踏袜趁蜂儿③。　　跳脱添金双腕重④,琵琶拨尽四弦悲⑤。夜寒谁肯剪春衣⑥。

① 挽：牵引，攀引（攀摘）。两鬓垂：古代女子未成年时不挽发髻，两边鬓发下垂。

② "小妆"句：谓稍事打扮后就到池塘边照影弄姿。弄影，陈元龙注《片玉词》引司空图诗："池塘弄影还。"（按，今存司空图诗无此句。）

③ "出帘"句：谓窗外有蜜蜂飞过，这群姑娘便急急忙忙掀开门帘，连鞋子都没穿好，就出门去追赶。按：吴世昌先生注此句云："古人入室去鞋，出外始御，如今日人。李煜《菩萨蛮》：'刬袜步香阶，手提金缕鞋。'此云'出帘踏袜'，极写憨痴情态，正如《意难忘》所谓'贪耍不成妆'也。"（《片玉词三十六首笺注》）

④ 跳脱：手镯。汉繁钦《定情诗》："何以叙契阔，绕腕双跳脱。"

⑤ 四弦：琵琶共有四根弦。白居易《琵琶行》："曲终收拨当心画，四弦一声如裂帛。"悲：指音乐十分感动人。

⑥ "夜寒"句：谁也不愿意冒寒熬夜去裁制春衣。剪：裁制。

　　这首词描写了一群天真烂漫、尚未成年的小歌女的生活情态。作者精心选取了最能反映少女性格特征的生活细节来表现：她们争着摘取桐花来插在头上打扮自己；稍事打扮之后就跑到池塘边照影弄姿；见窗外有蜜蜂飞过，就连鞋也顾不上穿，急忙冲出门去追赶；她们戴上了金手镯，却嫌这劳什子太沉重；晚上苦练琵琶，能弹奏出悲切动人的乐曲；但她们却谁也不愿意冒着春夜的寒气去做女红、缝春衣。《浣溪沙》一调只有六句，作者一句描画一个生活细节，将从室外到室内、从白天到夜晚的六个细节有机地组合起来，就构成了一轴生动鲜活的小歌女生活图画。全篇文笔细腻，生活气息十分浓厚，足见作者观察生活、表现生活的能力很强。

以上选析了作者初旅汴京时（有的作品还可能是尚未入汴京时所写的）所写的十二首香艳小词。如果我们只接触这些词，会误以为周邦彦初入汴京的目的只是为了寻花问柳，以为他的文学创作的全部内容也只是反映与歌儿舞女们的交往。事实并非如此。小歌词并不是他的文学创作的全部，从这些小歌词反映出来的内容更不是他初旅汴京时期生活的全部。只是他和当时

绝大多数文人一样，习惯于用小词来言儿女之情，用诗
文来反映社会政治生活、抒士大夫忧国忧民之怀而已。
太学里堆积如山的"圣人之书"并没有使他迂腐，秦楼
楚馆灯红酒绿中的浅斟低唱也没有使他沉溺。他一方
面刻苦攻读以求取功名，一方面也在观察时事，留心政
局，并不断用诗文辞赋来反映熙宁、元丰年间的社会现
实。尽管他的诗文绝大部分已经失传，但从幸存的一些
零星篇章中，我们仍可明显地感到周邦彦青年时期的文
学创作具有十分强烈的现实性。

　　他关注着国家边境的安全，并曾用一些长篇歌行来
反映了当时的西北战事。北宋王朝与西夏的武装冲突，
自宋仁宗以来连绵不断。宋朝军队缺乏作战能力，不能
有效地抵御对方的不断侵扰。尽管年年靠搜刮人民来
向对方交纳数量巨大得惊人的银绢，还是无法解除军事
威胁。元丰五年（1082）九月，西夏起倾国之兵（号称
30万）围攻边境的永乐城。宋守军屡败，守将徐禧等愁
困孤城，退路被阻绝。延州守将种谔怨恨徐禧，闹私人
意气，竟不遣救兵。城中乏水多日，将士渴死者大半，至

绞马粪汁而饮。城陷,宋师全军覆没,徐禧等遇害,只有副将王湛、曲珍等光着脚逃了出来。此役宋军共丧将校士卒民伏等凡20余万人,西夏乘胜耀兵米脂城下而还。消息传到汴京,朝野震动极大。为此周邦彦特作《天赐白》诗一首,借曲珍偶然得一匹白马生还之事,痛悼宋军之丧师辱国,惋惜真正有用的将才坐贬而无用武之地。诗云:

> 君不见书生镌羌勒兵入,羌来薄城束练急。蜡丸飞出辞大家,帐下健儿纷雨泣。凿沙到石终无水,扰扰万人如渴蚁。挽纟亘窃出两将军,虏箭随来风掠耳。道旁神马白雪毛,噤口不嘶深夜逃。忽闻汉语米脂下,黑雾压城风怒号。脱身归来对刀笔,短衣射虎朝朝出。自榷杂宝涂箭创,心折骨惊如昨日。谷城鲁公天下雄,阴陵一跌兵力穷。舣舟不渡谢亭长,有何面目归江东? 将军偶生名已弱,铁花暗涩龙文锷。缟帐肥刍酬马恩,闲望旄头向西落。

另一首与《天赐白》题材与题旨相近的七古长篇

《薛侯马》，也作于太学斋舍。此诗为一位作战有功的西北边将薛某不得升调、困居京城的遭遇鸣不平，篇末热情地歌颂边防将士的牺牲精神和爱国理想道：

> 边人视死亦寻常，笑里辞家登战场。铨劳定次屈壮士，两眼荧荧收泪光。齿坚食肉何曾老，骗马身轻飞一鸟。焉知不将万人行，横槊西风贺兰道。

这些诗笔力遒劲，风格悲壮，令人想到唐代边塞诗。恰如南宋人陈郁所称赞的：这类有盛唐之风的杰作，"岂区区学晚唐者可及耶?"(《藏一话腴》)事实证明，周邦彦并非像一些评论家所说的那样，只会用"昵昵儿女语"来编织绮罗香泽的小词，他也有笔走风雷的雄豪壮丽之篇。只不过他像北宋大多数文人一样，过于强调诗词之别，一般不在词中反映社会现实、抒发豪情壮志罢了。

特别值得一提的是，这一时期周邦彦创作了颂扬熙丰新政的大赋《汴都赋》。熙宁、元丰年间由宋神宗、王安石发动的变法运动，曾使国家一度出现了蒸蒸日上的新气象。但由于保守派的抵制反对和变法派自身的问题，新政得不到顺利推行。熙宁末，王安石被迫再度罢相，退居金陵蒋山。变法派处境困难，神宗皇帝在急切地寻求新的支持。元丰初年已成为一名太学生的周邦彦，一直在密切关注时局。此时他年少气盛，还没有沾染当时士大夫多不可免的明哲保身的世故气，他真心诚意地同情和支持新政，就想用文学的形式把心里话说出来。他坦言作赋的动机道："神宗皇帝盛德大业，卓高古初，积害悉平，百废再举；朝廷郊庙，罔不崇饰；仓廪府库，罔不充物；经术学校，罔不兴作；礼乐制度，罔不厘正；攘狄斥地，罔不流行；理财禁非，动协成算"，而"未闻承学之臣有所歌咏，于今无传，视古为愧"，他不甘心在太学"徒费学廪，无益治世万分之一"（以上引文并见周邦彦《重进汴都赋表》），于是他毅然提起笔来颂扬新法。这样，一篇煌煌七千言的熙丰新政颂歌——《汴都赋》在太学的书斋里诞生了。元丰六年（1083）七月，28 岁的周邦彦一鸣惊人，向神宗皇帝献上了这篇为变法派歌功颂德的作品。神宗读了《汴都赋》以后，"嗟异久之",决定破格擢用这个朝气蓬勃的年轻人。八月间,神宗特令官居尚书右丞的名儒李清臣在迩英殿宣读《汴都赋》,以示对作者的恩宠,旋即将作者召赴政事堂,任命为太学正(太学里主管训导的官员)。太学正之职,品级虽低,学术地位却十分重要。如宋仁宗时,名儒胡瑗"进天章阁侍讲,犹兼学正"。宋代太学生的升级考试制度极为严格,从外舍考升内舍,只录取十分之一的人。从内舍升上舍,只能录取半数。而上舍生毕业考试也只能录取十分之一左右的优等者授予官职。授官一般也只到太学录(太学正以下的学官)一级。(参见《文献通考·学校考三》)周邦彦以诸生一跃而为太学正,这种不同寻常的拔擢,正显示了神宗和新党首领们对他的器重与赏识。就这样,他"声名一日震耀海内"(楼钥语),沐浴着特殊的"圣眷",而开始踏上了仕途。

周邦彦初入仕途,正所谓春风得意。不料他献赋得官才一年多,神宗皇帝就去世了。年幼的新皇哲宗继位,反变法的太皇太后高氏临朝听政,于是政局大变,旧党上台，新法尽废，新党陆续遭到罢斥贬逐。面对这种风云突变的局势，同情和支持过新法的周邦彦何去何从？这位既有一定的正义感但又性格柔弱的文人，既无胆、无力站出来为先皇的变法抗争，又不愿"俯仰取容"（《重进汴都赋表》中语），去巴结旧党以保住功名富贵，于是选取了一条中间路线：置身局外，保持沉默。用楼钥评论他的话来说，叫作"低徊不自表曝"。这种不肯逢迎、不愿合作的态度自然为新掌权的元祐党人所不喜，于是他被搁置在太学正的位子上五年不得升迁，日子开始过得苦闷起来。一个游宦在外的人，当他仕途得意的时候，是不大会苦苦思念家乡的；但如果仕途不畅、生活受挫，"人穷则反本"，就难免日坐愁城，思乡念远之情油然而生。他的一首七言绝句《谩书》，大约就作于此时：

> 丽日烘帘幔影斜，酒余春思托韶华。
>
> 高楼不隔东南望，若雾浮云莫谩遮。

此诗为在京华登高楼而遥望东南的杭州时所作，绵绵思乡之情溢于言表。不过他是更喜欢用长短句来书写一己的喜怒哀乐的,他的思乡之情更多地写进了这个时期的一些脍炙人口的小词里。

苏 幕 遮

燎沉香①,消溽暑②。鸟雀呼晴,侵晓窥檐语③。叶上初阳干宿雨④,水面清圆⑤,一一风荷举⑥。　　故乡遥,何日去?家住吴门⑦,久作长安旅⑧。五月渔郎相忆否⑨?小楫轻舟⑩,梦入芙蓉浦⑪。

① 燎(liáo):小火煨炙,延烧。沉香:一种香料,用沉香木末制成,熏烧时可以驱湿消暑。

② 溽(rù)暑:湿热的暑气。

③ 侵晓:天快亮的时候。窥(kuī)檐:从屋檐的缝隙里往下探看。隋炀帝《晚春诗》:"窥檐燕争入,穿林鸟乱飞。"

④ 初阳:早晨刚出来的太阳。宿雨:夜雨。

⑤ 清圆：指清润而圆正的荷叶。

⑥ 风荷：风中的荷叶。举：挺出水面。

⑦ 吴门：古吴地，包括今浙江省北部。这里借指江南。

⑧ 长安：汉唐时的都城，即今陕西西安市。这里借指北宋都
    城汴京。

⑨ 渔郎：指杭州水乡钓鱼的少年朋友。

⑩ 楫(jí)：船桨。

⑪ 芙蓉浦：荷花塘。芙蓉，荷花的别称。浦，此指流动的
    浅水。

　　这首词的主题即是久旅汴京而思念家乡杭州。历
来思乡之作大都充满哀愁和悲凉，但因周邦彦此时尚在
青年，涉世尚不深，愁情的积淀还不浓厚，所以本篇抒情
的主调基本上还是清丽明快的。上片描写汴京夏日清
晨宿雨初晴的美景，笔触十分清新生动。尤其是"叶
上"三句，以传神之笔描绘出初阳照射下荷叶迎风挺举
的优美姿态，被王国维《人间词话》赞为"真能得荷之神
理者"；俞陛云《唐五代两宋词选释》也评曰："'叶上'

三句,笔力清挺,极体物浏亮之致。"下片由景生情,由汴京的荷花塘联想到老家的"芙蓉浦",联想到在家乡时的少年游玩之乐,抒发出一缕思乡恋旧的羁旅哀愁。但这里尽管透露出愁思,却不失轻快疏朗之调;虽有几声叹息,却更多轻盈瑰丽的梦幻。这是一种对事业和人生尚满怀希望的年轻人才有的明快之调。多情的词人这种如痴如醉的思乡笔调,真能把读者引入那梦境般透明美丽的江南水乡中去。面对这样美好的意境,不但与作者有相似的滞留异乡经历的江南人,即使是异地异时的读者,也会因为"小楫轻舟,梦入芙蓉浦"这样的美的召唤而心摇神驰的!

浣 溪 沙

楼上晴天碧四垂[①],楼前芳草接天涯[②]。劝君莫上最高梯[③]。　　新笋已成堂下竹[④],落花都上燕巢泥[⑤]。忍听林表杜鹃啼[⑥]。

① 碧四垂：天空像青绿色的帷幕四面下垂。这一句是化用唐韩偓《有忆》诗："愁肠泥酒人千里，泪眼倚楼天四垂。"

② 芳草：指春草。天涯：天边。这句暗用《楚辞·招隐士》："王孙游兮不归，春草生兮萋萋。"

③ "劝君"句：唐王之涣《登鹳雀楼》诗："欲穷千里目，更上一层楼。"这里反用其意，说是莫上高楼，以免触景伤怀。

④ "新笋"句：新笋已经在堂下长成茂密的修竹。

⑤ "落花"句：落花融进春泥，被燕子衔去垒窝。

⑥ 忍听：不忍听，怎忍听。林表：林外。杜鹃：鸟名。此鸟暮春鸣叫，其叫声像是"不如归去"。

　　这首词写暮春时节作者念远思家的感伤之情。上下两片都是前两句以工巧流丽的对句写景，第三句缘景入情。暮春时节，头上是蓝湛湛的晴空，楼前是铺展到天边的绵绵芳草，景色十分明丽。可是词人却害怕登楼览景，因为这会惹起他无穷的天涯之思。你瞧，庭院里，新笋都已长成了竹林，落花已化作春泥，被燕子衔去垒窝了。这表明芳序已过，春天将逝，可是词人却滞留异乡不得归家。所以他特别不愿听到林外杜鹃凄凉的啼叫——因为那叫声像是在催促他"不如归去"！通篇写景极为清丽而富于象征性，情感即从景物中自然而然地透发出来，意境十分空灵蕴藉。俞陛云《唐五代两宋词选释》赏析道："上阕有李白《菩萨蛮》词'有人楼上愁'、'玉阶空伫立'之意。下阕'新笋'二句写景即言情，有手挥目送之妙。芳序已过，而归期犹滞，忍更听鹃声耶！"俞平伯《清真词释》评曰："此词一气呵成，空灵完整，对句极自然，《浣溪沙》之正格也。"

一 落 索

杜宇思归声苦[①]，和春归去。倚阑一霎酒旗风[②]，任扑面、桃花雨[③]。　　目断陇云江树[④]，难逢尺素[⑤]。落霞隐隐日平西，料想是、分携处[⑥]。

① "杜宇"句：是说杜鹃鸟鸣声凄苦，一声声地催促游子"不

如归去"。杜宇,杜鹃的别名。相传古蜀国皇帝杜宇死后,
其魂魄化为杜鹃鸟(参见《华阳国志·蜀志》),故杜鹃又称
杜宇。

② 一霎(shà):一会儿,一阵子。酒旗风:酒店的布招子在风
中飘扬。唐杜牧《江南春绝句》:"水村山郭酒旗风。"

③ 桃花雨:桃花凋谢,花瓣像雨点一样飘落。唐李贺《将进
酒》诗:"况是青春日将暮,桃花乱落如红雨。"

④ 目断:一直望到望不见。陇云:山梁上的云。南朝梁柳恽
《捣衣诗》:"亭皋木叶下,陇首秋云飞。"江树:江边的树。
南朝齐谢朓《之宣城郡出新林浦向板桥》诗:"天际识归舟,
云中辨江树。"

⑤ 尺素:书信。古诗《饮马长城窟行》:"客从远方来,遗我双
鲤鱼。呼儿烹鲤鱼,中有尺素书。"

⑥ 分携处:分手之处。

　　同前选《浣溪沙》(楼上晴天碧四垂)一样,本篇也
是抒写暮春时节思家怀归的痛苦情感的。有所不同的
一点是,本篇加进了怀念情人的内容。上片先以杜鹃的
鸣声唤起归思,继以桃花的凋谢渲染日暮春残的惆怅。

下片转入抒写对音信久无的情人的思念,仍从眼前的景物落笔,以景寓情。写陇首之云、江边之树,是暗示所思之远;写晚霞、落日,则是渲染离情之浩茫和心绪之黯然。俞陛云《唐五代两宋词选释》评曰:"'倚阑'二句写景俊逸,拟诸诗境,有'十里晓风吹不断,乱红飞雨过长亭'意境。'落霞'二句寄怀天末,离思与落霞、孤鹜齐飞矣。"

满 江 红

昼日移阴,揽衣起、春帷睡足①。临宝鉴、绿云撩乱②,未忺妆束③。蝶粉蜂黄都褪了④,枕痕一线红生玉⑤。背画阑、脉脉悄无言⑥,寻棋局⑦。　　重会面,犹未卜⑧。无限事,萦心曲⑨。想秦筝依旧⑩,尚鸣金屋⑪。芳草连天迷远望⑫,宝香薰被成孤宿⑬。最苦是、蝴蝶满园飞,无人扑⑭。

① 揽衣起：睡醒后抱衣而起。语本白居易《长恨歌》："揽衣推枕起徘徊，珠箔银屏迤逦开。"春帷睡足：化用白居易《春日闲居二首》："窗间春睡足。"春帷，指女子的闺房。帷，帐幕。

② 宝鉴：精美的镜子，镜子的美称。绿云：喻女子的发鬓。唐杜牧《阿房宫赋》："绿云扰扰，梳晓鬟也。"

③ 未忺（xiān）：不惬意，不喜欢。扬雄《方言》："青齐间呼意所好为忺。"

④ 蝶粉蜂黄：唐代宫妆。唐李商隐《酬崔八早梅有赠兼示之作》诗："何处拂胸资蝶粉，几时涂额藉蜂黄。"这里借指女子脸上的脂粉。

⑤ "枕痕"句：只留着睡枕嵌印下的一线红色肉纹。

⑥ 画阑：雕有花纹的栏杆。脉脉：含情凝视的样子。《古诗十九首》："盈盈一水间，脉脉不得语。"

⑦ 棋局：棋盘。

⑧ 卜：占卜，指预测未来。古代用火烧龟甲或以蓍草取兆，以预测吉凶。此则指预测归期。

⑨ 萦心曲：萦绕心头。这是化用北魏高孝纬《空城雀》诗："日暮萦心曲，横琴聊自奏。"

⑩ 秦筝：古代的一种弦乐器，相传为秦人蒙恬所造，故称秦
筝。《初学记》卷一六引《风俗通义》："筝，秦声也。或曰
蒙恬所造。"

⑪ 金屋：华丽的屋子。据《汉武故事》载，汉武帝幼时曾说：
"若得阿娇作妇，当作金屋贮之也。"后多用以代指女子的
闺房。

⑫ "芳草"句：芳草连天，挡住了远望（爱人）的视线。

⑬ 宝香薰被：用香笼熏烘被子。薰，通"熏"。

⑭ "最苦"二句：最使人感到痛苦的是，满园蝴蝶飞舞，却无人
去扑捉它们。这是以满园蝴蝶双双飞舞与女子的孤栖独
宿相对照。

　　这首词用笔纤细，措辞含蓄，既不是以创作主体的
口吻作词，又不尽是代女子言情，只是泛拟闺房的寂寞
无聊气氛，描写女子孤栖独宿的痛苦情状。首句以一
"移"字形容春日迟迟，时光过得十分缓慢。接下来穷
形尽相而又不嫌琐细地刻画女子春睡醒来之后揽衣起
身、临镜自伤、懒于梳妆、背栏无语、寻找棋盘等等一系
列无聊神态。下片承接"脉脉悄无言"而来，摹写女子

满腹心事的样子和她孤苦无依的幽怨。以上种种刻意为之和不厌其烦的描绘渲染,使人不禁要猜测作者之意不仅仅是写一个女子,而是借此寄寓自己的感情。于是有的评论家推想此词是写元祐初年,"旋遭时变,不愿俯仰取容"的作者那种"洁身自好、孤立无友"(罗忼烈语)的情怀。笔者以为,要说此词一定有什么特定的政治寄托,根据尚嫌不足;但与周邦彦同时而年纪稍长的婉约词人秦观已有"将身世之感打并入艳情"(周济语)的写法,所以周邦彦在写这类词的时候,或许有意无意地把自己在现实生活中受到冷遇时的抑郁无聊之感融汇进词境之中去了。

忆 旧 游

　　记愁横浅黛①,泪洗红铅②,门掩秋宵③。坠叶惊离思④,听寒螀夜泣⑤,乱雨潇潇⑥。凤钗半脱云鬓⑦,窗影烛光摇。渐暗竹敲凉⑧,疏萤照晚⑨,两地魂消⑩。　　迢迢⑪。问音信,道径底花阴,时认鸣镳⑫。也拟临朱户⑬,叹因郎憔悴,羞见郎招⑭。旧巢更有新燕⑮,杨柳拂河桥⑯。但满目京尘⑰,东风竟日吹露桃⑱。

① 愁横浅黛:眉宇间充满了忧愁。黛,青黑色的画眉颜料。代指女子的眉毛。

② 红铅:指脸上的脂粉。"红"谓胭脂,"铅"指白粉。

③ 门掩秋宵:即"秋宵掩门"的倒装。

④ 坠叶:地上的落叶。离思:离别的愁思。

⑤ 寒蛩(jiāng):即寒蝉。蛩:似蝉而小,赤青色,鸣声凄切。王充《论衡》:"寒蛩啼,感阴气也。"

⑥ 潇潇:风雨声。

⑦ 凤钗:凤形的发钗。云鬓:如云的鬓发,鬓发的美称。

⑧ 暗竹敲凉:秋夜竹枝在冷风中摇摆相撞。这是化用唐郑谷《池上》诗:"露荷香自在,风竹冷相敲。"

⑨ 疏萤照晚:稀稀疏疏的几个萤火虫在黑暗中发出亮光。这是用杜甫《倦夜》诗:"暗飞萤自照。"

⑩ 魂消:即销魂,极度悲伤愁苦的样子。梁江淹《别赋》:"黯然销魂者,唯别而已矣。"

⑪ 迢迢：遥远的样子。《古诗十九首》："迢迢牵牛星。"

⑫ 鸣镳（biāo）：马口勒上的响铃声。

⑬ 拟：打算。朱户：红漆的门窗。

⑭ "叹因郎"二句：可叹她因思念情郎而瘦损，又因为容颜憔悴，而怕见情郎的到来。这是化用元稹《会真记》中莺莺与张生诗："不为旁人羞不起，为郎憔悴却羞郎。"

⑮ 旧巢新燕：语本晏殊《连理枝》词："送旧巢归燕拂高帘，见梧桐叶坠。"

⑯ 河桥：指汴京城里汴河上的市桥。

⑰ 京尘：语本晋陆机《为顾彦先赠妇》诗："京洛多风尘，素衣化作缁。"这里指汴京的尘土。

⑱ 竟日：整日，整天。露桃：带露的桃花。唐顾况《瑶草春歌》："露桃秾李自成蹊。"又，杜牧《题桃花夫人庙》诗："细腰宫里露桃新。"

　　这首词大约是作者在汴京求官，接到昔日相好的一位女子从外地寄来的信，因而回忆起当初分手时的情景，引发思念之情所作。上片以"记"字领起，忆写当初分别前夕的一幕幕痛苦情景。从女方的愁容愁态和秋夜的凄凉气氛,写到拂晓时的分手,情景历历,就像发生在眼前。下片发挥想象,拟写女方此时的境况,把她探问男方消息和相思憔悴的种种情态写得活灵活现。最后以景寓情,写出作者此时欲归不得、惆怅迷惘的心情。全篇时空交错,情景交融,虚实结合,含蓄蕴藉,充分体现了周邦彦造境抒情的高超技巧。陈廷焯《云韶集》称赞本篇:"无限凄凉,炼字炼句,精劲绝伦。"俞陛云《唐五代两宋词选释》更具体评析曰:"先将窗外之秋声,闺中之愁态,细细写出,以'两地魂消'句彼此开合,遂与下阕衔接一气。'朱户'三句迫'为郎憔悴却羞郎',妙在不说尽。'拂柳'、'吹桃'等句,仍寄情于空际,弥觉蕴藉。'巢燕'句感光阴之易过耶? 抑喻人事之更新耶? 词境入空明之界矣。"所评大抵允当。至于"旧巢"等句是否"喻人事之更新",或甚至如罗忼烈先生所推测的,是指元祐初年朝中"新党去而旧党来",则我们既须承认这类词有寄托身世之感与政治之怀的可能性,但又不宜字穿句凿地去深求,以免割裂文学形象,破坏此词意境的完整性。

《宋史·周邦彦传》记载说,他在太学正任上"居五岁不迁,益尽力于辞章"。这些"辞章",当然包括诗、词、辞赋、散文等各类作品。从史传记载的语气来推测,这五年创作的作品数量应是非常巨大的。可惜从他现存集子来看,这一时期的诗词文多已不存。所谓"尽力于辞章",大有两耳不闻窗外事,而专心于自己最擅长的文学创作的意味。可是朝廷似乎不允许周邦彦如此选择自己的生存方式。他在元祐初年的沉默和不合作态度很快就引起了新当政者的反应。元祐元年,朝廷下诏于齐、庐、宿、常等州各置府学教授一员,于是当权者找到了发遣周邦彦的机会。次年(1087)春,周邦彦被调出太学,外任庐州(今安徽合肥)府学教授。周邦彦本不愿赴此任,无奈"食贫所驱,未免禄仕",只得强忍内心的"哀摧",打点离京。(参见其《友议帖》)从此,周邦彦遥望着"天远路歧长"(《锁阳台》"花扑鞭梢")的前景,开始步入了他的忧患失意的中年。

二、寓居庐州、荆州

　　元祐二年（1087）二月末，周邦彦挈带家眷，回到了家乡钱塘，展省了祖宗坟墓。不久，大约于春夏之间凄凄惶惶地西上庐州，去赴府学教授之任。这是他生活和创作道路上的一个重大的转折点。这个转折就是，从阳光灿烂、春风得意的青年时期，转入浮沉州县、仕途坎坷的中年时期。从此时开始的远离京华、求食异乡的十来年的生活，大大地影响和改变了他的文学创作。从旅居庐州时开始，终其后半生，周邦彦的诗词文作品中原有的那种洒脱明快、"不识愁滋味"的气氛几乎再也找不到了，而感伤和凄婉的调子渐渐笼罩了他的中后期大部分作品。在那样一种时代，仕途上遭受打击折磨几乎是每一个正直诚笃的文人士大夫的共同命运。一般的左迁外放,是司空见惯的事情,更何况他此次只是外放,而非贬官降职,当事者似乎应该旷达通脱一些。可周邦彦只是一个并非政治家和哲人的纯粹的书生,他身上保留着过多的感伤诗人的气质。他似乎不能超脱达观,而是常常于不知不觉中陷入一种怀人忆旧、自怨自艾的精神状态中。早在初离汴京之夜所写的词中,就已经显得愁深似海、情苦如荼了。

尉 迟 杯

离 恨

　　隋堤路①。渐日晚、密霭生深树②。阴阴淡月笼沙③,还宿河桥深处④。无情画舸⑤,都不管、烟波隔前浦⑥。等行人、醉拥重衾⑦,载将离恨归去⑧。　　因思旧客京华⑨,长偎傍、疏林小槛欢聚⑩。冶叶倡条俱相识⑪,仍惯见、珠歌翠舞⑫。如今向、渔村水驿⑬，夜如岁、焚香独自语。有何人、念我无聊，梦魂凝想鸳侣⑭。

① 隋堤：隋炀帝时开凿通济渠，从洛阳至淮水沿渠筑堤，沿堤栽柳，后人称之为隋堤。这里指汴京城外的一段堤岸，是北宋时京城旅客来往必经之路。

② 密霭(ǎi)：浓浓的雾气。

③ 阴阴：形容月色暗淡。淡月笼沙：化用杜牧《泊秦淮》诗："烟笼寒水月笼沙"，形容黯淡的月光映照着水边沙地。

④ 河桥：指汴河上的桥。

⑤ 画舸(gě)：绘有彩饰的大船，船的美称。

⑥ 浦：水边。

⑦ 重衾(qīn)：厚被子。

⑧ 以上四句是化用北宋郑文宝《柳枝词》："亭亭画舸系寒潭，直到行人酒半酣。不管烟波与风雨，载将离恨过江南。"

⑨ 京华：京城。杜甫《奉赠韦左丞丈二十二韵》诗："骑驴十三载，旅食京华春。"

⑩ 小槛：窗下或长廊上的栏杆。

⑪ 冶叶倡条：指歌妓。李商隐《燕台》诗："密房羽客类芳心，冶叶倡条遍相识。"

⑫ 惯见：常见。珠歌翠舞：指歌儿舞女的艺术表演。珠、翠，本是歌儿舞女身上的饰物，用以代指歌儿舞女。白居易《夜闻贾常州崔湖州茶山境会想羡欢宴因寄此诗》："朱翠歌钟俱绕身……青娥递舞应争妙。"

⑬ 水驿：水边的驿站，供旅客和官府送公文的人住宿的客舍。

⑭ 凝想：聚精会神地想，痴痴地想。鸳侣：情人。

　　这首词是周邦彦离开汴京的当夜所作。当时的风俗习惯，出行时若走水路，都在天色黄昏时上船，半夜或清晨开船而行。周邦彦此次南下，是走运河先回杭州，本篇即写他上船前后的所见与所思，借以表现他对京城的无比留恋与惆怅的感情。词用先景后情的常格写成，写得朴拙而深沉。上片先写自己眼中所见的汴河两岸凄黯迷茫的黄昏景色，用以渲染和映衬抑郁感伤的心境。接下来写今晚人将离去，船将夜行，遂点化前人的境界为自己的境界，怨船怨水，以寄寓满腔的愁思。下片进而追怀自己在汴京这些年与歌儿舞女们欢聚的冶游生活，又悬想这一路将要苦熬的渔村水驿孤栖独宿的日子来与之对照，把自己的愁思恨缕宣泄无余。结尾直言自己此时最想念的是情侣，更于朴拙中见出真情。周济《宋四家词选》评曰："南宋诸公所断不能到者，出之平实，故胜。一结拙甚。"此词内容极丰富，而用笔却极精约，所以俞平伯《清真词释》称赞说："着墨无多，而意无不尽。"

宴 清 都

地僻无钟鼓①。残灯灭，夜长人倦难度。寒吹断梗②，风翻暗雪③，洒窗填户。宾鸿漫说传书④，算过尽、千俦万侣⑤。始信得、庾信愁多⑥，江淹恨极须赋⑦。　　凄凉病损文园⑧，徽弦乍拂⑨，音韵先苦。淮山夜月⑩，金城秋草⑪，梦魂飞去。秋霜半入清镜⑫，叹带眼、都移旧处^⑬。更久长、不见文君^⑭,归时认否?

① "地僻"句:是说远离京城,身处庐州这样的偏僻之地,听不
　　到钟鼓之声。

② 寒吹断梗:寒风吹卷着草木的断枝枯茎。李贺《咏怀二首》
　　其一:"梁王与武帝,弃之如断梗。"这里暗喻自己遭弃于
　　朝廷。

③ 暗雪:夜雪,黑暗中的雪。唐储光羲《陇头水送别》诗:"暗
　　雪迷征路,寒云隐戍楼。"

④ 宾鸿:鸿雁。因其春季北飞,秋季南返,就像作客一样,故
　　称宾鸿。《礼记·月令》:"季秋之月……鸿雁来宾。"唐罗
　　隐《贵池晓望》诗:"计疏狡兔无三窟,羁甚宾鸿欲一生。"漫
　　说:空说,白说。传书:《汉书·苏武传》载,汉朝使者对匈
　　奴单于说:汉天子在上林射得一只雁,雁足系有帛书,帛书
　　上说苏武在某大泽中。后因有鸿雁传书之说。

⑤ 千俦(chóu)万侣:指很多的雁群。鸿雁北飞南返,都是集
　　群而行,故曰"俦侣"。俦,伴侣。

⑥ 庾信愁多:庾信(513—581)是南北朝时期的文学家,他先
　　在南朝做官,后被迫出仕于北朝,但心中仍怀念南朝,曾作

《愁赋》以抒思念南方的愁情。

⑦ "江淹"句：江淹（444—506）是南朝时历仕宋、齐、梁三代的文学家，善辞赋，尤以《恨赋》、《别赋》著称于世。其《恨赋》有云："仆本恨人，心惊不已，直念古者，伏恨而死。"以上两句，作者以庾信、江淹自比，说明自己心中愁之浓、恨之深。

⑧ "凄凉"句：以汉代文学家司马相如自比。司马相如（前179—前117）曾为孝文园令，故称文园。他有消渴症，故说"病损"。

⑨ 徽弦：徽，系琴弦的绳子和琴面上指示音节的标志，后因以"徽弦"代指琴弦。《晋书·陶潜传》："畜素琴一张，徽弦不具。"韩愈《秋怀诗十一首》："有琴具徽弦，再鼓听愈淡。"拂：抚（琴），弹奏（琴）。

⑩ 淮山：淮南的山，此处特指庐州（合肥）周围的山。

⑪ 金城：水名，即铁索涧，"在合肥县西九十里"（《续修庐州府志》）。这里与"淮山"对举，亦泛指淮南的水。

⑫ 秋霜：喻白发。

⑬ 带眼移旧处：指因为愁和病，使人变瘦了。据《梁书·沈约传》载：沈约生病后，在书信中对友人形容自己"百日数旬，

革带常应移孔,以手握臂,率计月小半分"。

⑭ 文君:卓文君,汉代临邛富商卓王孙的女儿。寡居在家,司马相如弹琴挑逗,文君即与之私奔。这里借指作者的妻室或情人。

从元祐二年至四年,周邦彦在庐州居住了大约三年的时间。在这个远离京城和他的家乡杭州的地方居住,他的心态经常是抑郁愁闷的。

这首词极力抒写作者身居庐州时的孤单寂寞的情绪,以景寓情,情景合一,细节的描绘与景物的渲染映衬相结合,生动地表现了特定环境中的特定感情。长夜、残灯、寒风、暗雪、断梗、幽窗、雁群等等所渲染出的阴冷气氛,充分透露出作者沉沦州县后孤独惶惑的精神状态。但这种孤独惶惑之情没有明说,只用景物描写来暗示,最后只表达对家人(或情人)的思念,措意十分含蓄。俞陛云《唐五代两宋词选释》点评其抒情技巧之妙云:"通首情与景融成一片,合为凄异之音。此调当在浑灏流转处着眼。结句涉想悠然,怨入秋烟深处矣。"

不过此词也有堆砌语典和人名的毛病，《乔大壮手批片玉集》就批评道："此首庾信、江淹、文园、文君、人名太多，乃矜才使气之过，不可为训。"

玉 楼 春

桃溪不作从容住[1]，秋藕绝来无续处[2]。当时相候赤栏桥[3]，今日独寻黄叶路[4]。烟中列岫青无数[5]，雁背夕阳红欲暮[6]。人如风后入江云[7]，情似雨余黏地絮[8]。

[1] 桃溪：借指与女子相恋之地。据南朝宋刘义庆《幽明录》记载：东汉时刘晨、阮肇入天台山采药，在桃花溪上遇到两位女仙，相爱成婚。半年后，二人思家回乡，出山后才知人世已过了三百多年。这里借此典故叙写自己在庐州的一段恋情。桃溪也是实指。明《一统志》："桃溪在庐州府舒城县北二十五里，发源自六安州界河，流入巢湖。"又清《续修庐州府志》云："桃溪河在舒城县北三十里……入巢湖。"桃

　　溪、巢湖都在合肥之南,地名今同。从容:悠闲不迫的样
　　子。住:居留。

② 秋藕绝:喻指双方欢情断绝。语本南朝齐谢朓《在郡卧病
　　呈沈尚书》诗:"秋藕折轻丝。""藕"与"偶"、"轻丝"与"情
　　思"谐音。

③ 赤栏桥:有红色栏杆的桥。也有可能是实指。据南宋姜夔
　　《淡黄柳》词序:"客居合肥赤栏桥之西。"

④ 黄叶路:秋天铺满落叶的路。

⑤ 岫(xiù):山峦。

⑥ "雁背"句:化用唐温庭筠《春日野行》诗中"鸦背夕阳多"
　　的句子。

⑦ 风后入江云:被风吹散后消失在江天的浮云。

⑧ 雨余黏(nián)地絮:被雨水打湿黏在泥土上的柳絮。

　　周邦彦在庐州也并不是日坐愁城,只沉溺于孤独痛
苦的海洋里。他本是一个落魄不羁的风流才子,因而在
庐州也免不了留下一些花街柳陌的风流韵事,写下了一
些艳情绮思的词篇。

　　据前代地方志记载,安徽合肥有赤栏桥、桃溪河,因

此这首词极有可能是周邦彦庐州教授任满离职时怀念合肥情侣之作。全篇借刘晨、阮肇天台遇仙的神话，写一段艳遇之后难忘的相思之情。题材虽是老一套，但却善于用新奇的艺术方法来表现，所以词境显得瑰丽幽奇。全词八句四韵，全是七字句，本来就容易给人以板滞之感。作者偏偏又险中行险，竟四联都用对仗，这就更加容易写成方正呆板的败作。作者却于整齐划一中腾挪变化，以大手笔写出了流动自然的抒情短章。上片对已经中断的一段艳遇表现了无限的留恋，并以"当时"与"今日"不同的情境两相对照，以强化留恋之情。下片先写追寻旧迹时所见景物作为铺垫，然后说伊人消息渺茫，如被风吹散到江面上的流云；自己情感不变，像雨后黏在泥土中的柳絮，从而点明了主题。上片两联用流水对，形式为对偶，意思却是递进的。下片两联，一联写景，一联以比体言情，情景相衬，两美毕具，摇曳生姿，达到抒情的极致。对此词高妙的抒情艺术，古今词话家好评如潮，如陈廷焯《白雨斋词话》说："美成词有似拙实工者，如《玉楼春》结句云：'人如风后入江云，情似雨余粘地絮。'上言人不能留,下言情不能已,呆作两譬,别饶姿态,却不病其板,不病其纤,此中消息难言。"俞平伯《清真词释》也说此词"于流散中寓排偶,亦于排偶中见飞动,又于其中见拗怒,复于拗怒中见温厚"。

庐州三年任满之后,周邦彦又流寓荆州大约三年的时间。他在荆州所任何职,三年间具体做了些什么事,史料无征,难以断定。不过,宋代官吏任职程限虽不像后世严格,但一登仕籍,倘非因故削籍或致仕,例不中断。所以王国维《清真先生遗事》说:"则在荆州亦当任教授等职。"这个推测是合乎情理的。庐州三年,他虽然心情郁闷,但待的时间久了,还是对那个地方产生了感情。尤其是在文酒会上、歌舞场中结交了不少同性和异性朋友,更使他难以忘怀。因此到了荆州之后,如同唐人"无端更渡桑乾水,却望并州是故乡"那样,周邦彦不断地怀念起庐州的情事来。

在荆州的大约三年的时间里,周邦彦比起在庐州时似乎更加不得意,更加侘傺无聊,怨抑凄苦。他极端厌

恶这种羁旅行役、辗转劳碌的生涯,既留恋在汴京多年
所领略的旖旎风光,更思念家乡和此时尚在世的老母
(他的父亲早在十多年前就已去世,见吕陶所撰周原墓
志铭)。其佚诗《楚村道中二首》之二自述,在流离转徙
中,他连晚上做梦都回到高堂的膝下了:"梦归谖草堂,
再拜悲喜剧。问言劳如何,嗟我子行役!"在荆州,他经
常登高望远,触目伤怀,用诗或词来抒发自己的愁思恨
缕。但毕竟此时他正当盛年,对生活的热爱仍是主要的
一面。更何况荆楚大地的风土人物又是那样美丽,他又
是那样善于发现和表现自然界与人世间的美,因此他在
荆州的作品题材、主题与风格十分多样,不仅仅是羁旅
行役的感伤而已。

倒　犯

新　月

　　雾景对霜蟾乍升①,素烟如扫②。千林夜
缟③。徘徊处、渐移深窈④。何人正弄、孤影蹁

跹西窗悄⑤。冒露冷貂裘⑥,玉斝邀云表⑦。共
寒光,饮清醥⑧。　　淮左旧游⑨,记送行人,归
来山路杳⑩。驻马望素魄⑪,印遥碧⑫,金枢小⑬。
爱秀色,初娟好⑭。念漂浮、绵绵思远道⑮。料
异日宵征⑯,必定还相照。奈何人自老。

① 霁(jì)景:雨后的景色。霁,雨止。霜蟾:即玉蟾,代指月
　 亮。神话传说,月中有玉蟾蜍,故以玉蟾、霜蟾代指月亮。
　 唐贯休《言诗》诗:"吟向霜蟾下,终须鬼神哀。"乍:刚刚。

② 素烟如扫:月光十分明亮,将空中的烟雾一扫而光。

③ 千林夜缟(gǎo):月亮照耀下的树林像披上一层白绢。
　 缟,一种白色的丝织品。

④ 深窈(yǎo):幽远深邃。这一句是说,月光渐渐地照向那
　 些幽暗深邃之处。

⑤ 蹁跹(piánxiān):旋转舞动的样子。

⑥ 貂裘:貂鼠皮制的衣袍。

⑦ "玉斝(jiǎ)"句:举起玉杯,邀请云端的月亮(共饮)。玉
　 斝,古代一种玉制的酒器。云表,云端,云霄之外。

⑧ 醥(piǎo)：清酒。

⑨ 淮左：淮南，这里特指作者曾经任职其地的庐州。庐州在宋代属于淮南西路。

⑩ 窎(diào)：深远。

⑪ 素魄：月亮的别称，也指月光。南朝宋鲍照《煌煌京洛行》之二："夜轮悬素魄，朝天荡碧空。"唐卢仝《月蚀》诗："却吐天汉中，良久素魄微。"

⑫ 遥碧：遥远的青天。

⑬ 金枢：西方月没之处。晋木华《海赋》："大明(指月亮)擫辔于金枢之穴。"这里以金枢代指月亮。

⑭ 娟好：姿态美好。

⑮ 绵绵思远道：直接搬用古乐府《饮马长城窟行》："青青河畔草，绵绵思远道。"

⑯ 料：料想，预测之词。异日：他日，将来的某一天。宵征：夜行。

　　按标题，这是一首咏物词。但它的主旨却不在咏物，而是借月夜之景抒怀，寄寓一种寂寞孤独、漂泊不得意的身世之感。全篇由今夜的月下之游联想到此前在庐州的一次月下之游,并预想将来还会有的月下之行,从而自然而然地透发出逝者如斯、老之将至的哀伤。通篇处处紧扣月的意象来寄寓自己的情感:上片先写今夜月光之皎洁和作者寂寞之中学李白对酒邀月,把情感气氛渲染得浓浓的;下片由今夜月色自然联想到旧时月色,然后大跨度地由昔及今,旋即推想将来,从而逼近了词的主题。结尾忽作反跌,有力地表现出满怀的悲伤。此词并非《清真集》中的名篇,但其表意含蓄婉转,运笔迂回反复,在周词中实在具有一定的代表性。

还 京 乐

　　禁烟近①,触处浮香秀色相料理②。正泥花时候③,奈何客里,光阴虚费。望箭波无际④,迎风漾日黄云委⑤。任去远,中有万点,相思清泪⑥。　　到长淮底⑦。过当时楼下⑧,殷勤为说,春来羁旅况味。堪嗟误约乖期⑨,向天涯、自看桃李⑩。想如今、应恨墨盈笺⑪,愁妆照水。怎得青鸾翼⑫，飞归教见憔悴。

① 禁烟：也叫禁火，指寒食节。古时风俗，寒食节禁火三日。
《荆楚岁时记》："去冬至一百五日，即有疾风甚雨，谓之寒
食，禁火三日。"

② 触处：到处，处处。宋黄庭坚《寄杜家父》诗："红紫争春触
处开。"秀色：本用以形容妇女容色之美，语出陆机《日出
东南隅行》："鲜肤一何润，秀色若可餐。"后也用以形容山
川风景秀丽。如辛弃疾《临江仙·探梅》："剩向青山餐秀
色，为渠着句清新。"这里用第二义。料理：意为"逗引"。
韩愈《饮城南道边古墓上逢中丞过赠礼部卫员外少室张道
士》诗："为逢桃树相料理，不觉中丞喝道来。"

③ 泥(nì)花时候：沉迷于春花烂漫的时节。泥，沉迷。

④ 箭波：比喻水波疾流如同箭矢飞过。唐卢照邻《江中望月》
诗："镜圆珠溜彻，弦满箭波长。"

⑤ 漾日：日光在水波上摇荡。委：下垂。

⑥ "中有"二句：化用晁元忠《西归》诗："水从楼前来，中有美
人泪。"和苏轼《永遇乐》词："凭仗清淮，分明到海，中有相
思泪。"

⑦ 长淮底：指庐州。长淮，淮河。

⑧ 当时楼下：指淮水流经的昔日欢会的住所。

⑨ 乖期：违误了约会的期限。

⑩ 自看桃李：独自赏春之意。这也是化用前人的诗句，陈元龙《片玉词》注曰："《诗话》有诗：'看他桃李树，却忆后人花。'"

⑪ 恨墨盈笺：满纸都写着诉说愁恨的话。笺，写信或题诗的纸。

⑫ 青鸾翼：传说中的神鸟，是西王母的信使(参见《山海经·大荒西经》及《汉武故事》)。唐朱昼《喜陈懿老示新制》诗："将攀下风手，愿假青鸾翼。"自注："予欲见诗人孟郊，故寄诚于此。"

　　此词为离开庐州后思念那里的旧情人之作。作者触春景而生情，萌发无尽的相思之意，全篇笔致曲折，构锁严密，却又遐思悠长，想落天外，意脉跳荡，忽远忽近，收放自如，抒情效果极佳。自"望箭波无际"至"相思清泪"一段，不过是要说泪落水中而已，却从极远极大处说起，又以风日黄云映带其间，层层倒写，推剥无穷，给人的印象是作者所注意的似乎仅仅为眼前景物,上片之末才点出"中有万点相思清泪",却原来前面的一大篇铺叙全是陪衬导引之语,读者至此方悟作者用心——念远思旧。从过片"到长淮底"云云至"羁旅况味",为作者向流水嘱托,请为代达口信之语,是暗用曹植《洛神赋》"托微波以通辞"之意而加以变化,此即是全篇主旨所在。自"堪嗟"以下,则全为作者独语,正用以说明"羁旅况味"、"误约乖期"且与上文"光阴虚费"相呼应;"自看桃李"正与"浮香秀色"、"泥花时候"相补足。篇末忽生奇想,要化神鸟飞去,与情人相见。全篇感情炽热,哀婉动人,而又笔法奇妙,耐人回味。前代词话家称赞它有"古文笔法",还只是一种浅层次的理解。

少 年 游

荆州作

南都石黛扫晴山①,衣薄耐朝寒②。一夕东风,海棠花谢,楼上卷帘看③。 　　而今丽日

明如洗,南陌暖雕鞍④。旧赏园林,喜无风雨,
春鸟报平安⑤。

① 南都：今河南南阳市。南阳地处东汉首都洛阳之南,又是光
武帝刘秀的家乡和起兵打天下的根据地,故曾有南都之称。
东汉张衡作《南都赋》,南都即指南阳。唐时南阳兼荆州地,
称江陵府。周邦彦在荆州作此词,故就近取譬,以"南都石
黛"比喻荆州的山。石黛：一种青黑色的颜料,古代妇女用
以画眉。故女子的眉毛称为黛眉。古诗文中常将女子的眉
毛比为远山,这里反过来,将山比为黛眉。南都石黛,语出
南朝陈徐陵《玉台新咏序》："南都石黛,最发双蛾。"

② "衣薄"句：化用唐韩偓《浣溪沙》词："六铢衣薄惹轻寒。"
耐,不耐,忍不住。

③ "海棠"二句：化用韩偓《懒起》诗："海棠花在否,侧卧卷
帘看。"

④ 南陌：城南的道路。雕鞍：饰有花纹的马鞍,马鞍的美称。
这一句是化用王安石《送丁廓秀才三首》诗："殷勤陌上日,
为客暖雕鞍。"

⑤ 春鸟报平安：杜甫《春鸟》诗："日日报平安。"

这首小词写爱花惜春的一份美好心情。上片回忆前一个春天的生活片断，从雨后轻寒、海棠花谢的细节，表现出作者对已逝年华的惋惜和追念。下片则着眼于目前又一个春暖花开的美景，进行今昔对照，愈发珍惜大好的春光。

点 绛 唇

台上披襟①，快风一瞬收残雨②。柳丝轻举，蛛网黏飞絮③。　　极目平芜④，应是春归处⑤。愁凝伫⑥，楚歌声苦⑦，村落黄昏鼓⑧。

---

① 披襟：敞开衣襟。宋玉《风赋》："楚襄王游于兰台之宫，宋玉、景差侍。有风飒然而至，王乃披襟而当之，曰：'快哉此风！寡人所与庶人共者耶？'"

② 快风：使人感到畅快的风。一瞬：一会儿。

③ "柳丝"二句：化用杜甫《白丝行》："落絮游丝亦有情，随风照日宜轻举。"

④ 极目：放眼展望。平芜：原野。

⑤ 春归处：用黄庭坚《清平乐》词："春归何处，寂寞无行路。"

⑥ 凝伫：出神呆立。

⑦ 楚歌：楚地的歌谣。《史记·项羽本纪》："夜闻汉军四面皆楚歌。"此指荆南地区的民歌。

⑧ 村落黄昏鼓：宋时南方农村有黄昏围场击鼓演出曲艺或戏剧的风习，诗人对此多有描写，如陆游《小舟游近村舍舟步归》诗："斜阳古柳赵家庄，负鼓盲翁正作场。"又，古时农村每逢社日（春社、秋社）也要击鼓奏乐。此处所写，两种情况都可能，理解时不必拘泥。

此词表现暮春时节在荆州产生的思乡念远之情。作者是借景言情的高手，寥寥几笔，就使楚天美景、楚村风情如画，但作者的本意不在于流连风景和欣赏民俗，而是要以景寓情，缘事遣怀。因此虽然全篇没有一句正面言情，却处处透露出主观感情。尤其篇末三句，主观化色彩极浓。村民聚会，击鼓作乐，声音和气氛肯定是十分欢快和热闹的。但作者"以我之眼观物"，让一切都带上了"我"的色彩,著一"苦"字,遂使自己的满怀愁绪都溢出纸面了。

锁 阳 台

怀钱塘①

　　山崦笼春②,江城吹雨③,暮天烟淡云昏。酒旗渔市④,冷落杏花村⑤。苏小当年秀骨⑥,萦蔓草、空想罗裙⑦。潮声起,高楼喷笛⑧,五两了无闻⑨。　　凄凉怀故国⑩,朝钟暮鼓⑪,十载红尘⑫。但梦魂迢递⑬,长到吴门⑭。闻道花开陌上⑮,歌旧曲、愁杀王孙⑯。何时见,名娃唤酒⑰,同倒瓮头春⑱。

① 怀钱塘:应作于周邦彦初到荆州时。从词中"十载红尘"句推算,作者元丰二年(1079)离开钱塘至汴京入太学,约元祐四年或五年(1089—1090)至荆州,整整十年。

② 山崦(yǎn):山曲,山坳。唐姚合《题山寺》诗:"千重山崦

里,楼阁影参差。"

③ 江城:指荆州(今属湖北)。因其地处长江边,故称。

④ 酒旗渔市:指江边的酒店和渔民集市。酒旗,亦称酒帘,酒招子,酒望子,是酒店的标志。

⑤ 杏花村:泛指江南的村镇。

⑥ 苏小:即苏小小,为南齐时钱塘名妓。杭州西湖西泠桥畔有其墓。秀骨:指苏小小的遗骸。

⑦ 萦:缠绕。蔓草:野生的爬藤植物。罗裙:丝织品制的裙子。这里代指苏小小。五代牛峤《生查子》词:"记得绿罗裙,处处怜芳草。"

⑧ 喷笛:吹笛。

⑨ 五两:古代的一种测风器,用鸡毛五两接在高杆顶上,以测风向。王维《送宇文太守赴宣城》诗:"何处寄相思,南风吹五两。"了无闻:一点也听不到。指音信渺无。

⑩ 故国:此指故乡、家乡。

⑪ 朝钟暮鼓:古时以钟鼓报时,这里以钟鼓表示日夜轮替,光阴流逝。唐李咸用《山中》诗:"朝钟暮鼓不到耳,明月孤云常挂情。"

⑫ 红尘:车马扬起的灰尘。杜牧《过华清宫》诗:"一骑红尘

妃子笑，无人知是荔枝来。"这里借指人世间。

⑬ 迢递：遥远的样子。

⑭ 吴门：古苏州的别称。钱塘旧属吴地，故此处以"吴门"代指之。参见前《苏幕遮》注。

⑮ 花开陌上：指杭州流行的《陌上花》歌曲。源于五代。吴越王钱镠于春日致书其妃云："陌上花开，可缓缓归矣。"妃乃归杭州。苏轼有《陌上花》三首。

⑯ 王孙：指游子，此为作者自指。《楚辞·招隐士》："王孙游兮不归，春草生兮萋萋。"

⑰ 名娃：年轻美丽的姑娘。唤酒：招呼喝酒。

⑱ 瓮(wèng)头春：坛子里刚酿熟的美酒。

这是作者刚到荆州不久时写的一首怀乡词。作者一别家乡十年，在外先得意而后失意，浮沉州县，东奔西驰，缺少安定感和幸福感，自然就加倍怀念起天堂般的父母之邦杭州来。上片以回忆家乡为主，却把过去和现在、荆州和杭州不同时地发生的情事交织在一起来写。荆州(江陵城)和杭州同为江畔之城，选家或以为这里所指是荆州，或以为是杭州，我以为作者是有意模糊，两城兼指。为什么这样？因为既同为南国江城，其自然风物与村落集市等等必有许多相似之处，春山、春雨、暮天烟云、酒旗渔市及杏花村之类，皆可理解为两边兼写——作者正是从眼前的这些景物，联想到了钱塘的类似景物，从而引发了思乡之情。至"苏小"二句，方借有特定地方文化含义的人事和景物，点明自己所思乃在杭州。末三句，又回到眼前，说是长江边晚潮声起，高楼上有人吹笛，这时风却停了，高杆顶的五两杳无动静，这更触动了作者对远方的另一个江城的思念。下片撇开眼前的江城，专写对杭州的刻骨思念之情。下字用词时感情色彩极为浓烈，曰"凄凉"，曰"迢递"，曰"愁杀"，无一不是表现自己心灵曲线的剧烈波动。最后三句，深情地憧憬未来，设想自己有朝一日回到家乡后的欢乐情景，尤觉富有韵味。

扫　花　游

晓阴翳日[①]，正雾霭烟横[②]，远迷平楚[③]。

暗黄万缕④。听鸣禽按曲⑤,小腰欲舞⑥。细绕
回堤⑦,驻马河桥避雨⑧。信流去,想一叶怨
题⑨,今到何处?　　春事能几许⑩?任占地
持杯⑪,扫花寻路。泪珠溅俎⑫。叹将愁度日,
病伤幽素⑬。恨入金徽⑭,见说文君更苦⑮。黯
凝伫⑯。掩重关、遍城钟鼓⑰。

① 晓阴翳日:早晨天空的阴云遮蔽了太阳。曹植《情诗》:
　 "微阴翳阳景,清风飘我衣。"

② 雾霭(ǎi)烟横:雾气像一道烟带,横亘在半空中。

③ 平楚:平林,平展的树林。明杨慎《升庵诗话》:"楚,丛木
　 也。登高望远,见木杪如平地,故云'平楚',犹《诗》所谓
　 '平林'也。"谢朓《宣城郡内登望》诗:"寒城一以眺,平楚
　 正苍然。"

④ 暗黄:指柳条。柳树在枝叶浓密时呈深黄色。李贺《河南
　 府试十二月乐词·正月》:"暗黄著柳宫漏迟。"

⑤ 鸣禽按曲:鸟儿的叫声美妙动听,就像在演奏乐曲。《文
　 选·曲水诗序》:"召鸣鸟于弇州。"注:"弇州山有五色鸟,

名曰鸣鸢,其声皆有曲度。"

⑥ 小腰欲舞:柳条在风中摇摆,就像细腰的美人在跳舞。白居易《两朱阁》诗:"柳似舞腰池似镜。"李商隐《无题》诗:"腰细不胜舞,眉长惟呈愁。"

⑦ 回堤:曲折回环的堤岸。

⑧ 驻马:停马。

⑨ 一叶怨题:这是用唐代红叶题诗的典故。据范摅《云溪友议》载:唐玄宗时卢渥在京应举,偶然从皇宫御沟拾得红叶一片,上有诗云:"流水何太急,深宫尽日闲。殷勤谢红叶,好去到人间。"便带回珍藏。后来宣宗放宫女出宫嫁人,卢渥前去择配,恰好选中了那个在红叶上题诗的宫女。

⑩ 春事能几许:这春天的景色还能持续多久。几许,几多,多少。

⑪ 占地持杯:在野外就地设宴。

⑫ 泪珠溅俎:泪水洒在食器上。韩愈《元和圣德诗》:"泪落入俎。"俎(zǔ),古代祭祀时用以载牲的器皿。这里指宴席上盛酒食的器具。

⑬ 病伤幽素:化用李贺《伤心行》诗:"咽咽学楚吟,病骨伤幽素。"幽素,内心隐秘的情感。

⑭ 金徽：指琴。徽，原指琴上表示声音高低的标志，后即用以代指琴。

⑮ 文君：即卓文君，汉代司马相如的妻子。此处代指作者的妻室。

⑯ 黯：感怀伤神的样子。凝伫：呆立出神。

⑰ "掩重关"句：紧闭门户，只听得满城钟鼓之声。重关，两重门。曹植《美女篇》："青楼临大路，高门结重关。"

这首词大约作于周邦彦教授庐州或流寓荆州时。内容无非是游春怀人，但却写得沉郁感人，不同凡响。看来清真词虽然内容不够广泛，却善于从旧题材里翻新出奇，造出自己的抒情新境界。结构上也并没有什么特殊之处，无非是上片写景叙事、下片抒情的常格，但却写得深，写得细，景物人事铺叙得有层次，有条理；心灵情感的波动从景物人事中透发出来，既自然生动，又深沉蕴藉。上片一边写景，一边叙事，远景用简笔勾画，近景则工笔细描，由远及近，层层渲染，境界极为鲜明。叙事则从雨前的晓阴翳日写到遇雨驻马回堤，再写到河桥避雨,再从桥下流水追想到旧日情事,顺时叙来,线索清楚,情事的展现井井有条。下片从悼惜春光不再写到自己抱愁度日,忧伤成病,继而又设想远在外地的妻室(或情侣)这时可能比自己更痛苦难熬,于是加倍地感到痛苦。篇末以景结情,愈觉韵味深厚。此词为清真名篇之一,古今评论颇多,就中陈洵《海绡说词》对其章法句法的点评最为精到:"微雨春阴,绕堤驻马,闲闲写景。'信流去'陡接。'怨题'逆出。'任占地持杯,扫花寻路',言任是如此,春亦无多耳。缩入上句。'看将愁度日',再推进一层。如此则好春亦只是愁。而春事之多少,更不足问矣。'文君更苦',复从对面反逼。'遍城钟鼓',游思缥缈,弥见沉郁。"

风 流 子

愁 怨

枫林凋晚叶①,关河迥、楚客惨将归②。望一川暝霭③,雁声哀怨;半规凉月④,人影参差⑤。酒醒后,泪花销凤蜡⑥,风幕卷金泥⑦。砧杵韵高⑧,唤回残梦,绮罗香减⑨,牵起余悲。

亭皋分襟地⑩,难堪处、偏是掩面牵衣⑪。何况怨怀长结⑫,重见无期。想寄恨书中,银钩空满⑬;断肠声里,玉筯还垂⑭。多少暗愁密意,唯有天知。

① 枫林凋晚叶:晚秋时节,枫树的红叶开始凋零。杜甫《秋兴八首》之一:"玉露凋伤枫树林,巫山巫峡气萧森。"

② 关河迥:旅途漫长。关河,泛指山河。柳永《八声甘州》词:"渐霜风凄紧,关河冷落,残照当楼。"楚客:作者自指。周邦彦当时客居荆州,荆州旧属楚地,故以楚客自称。惨将归:怀着悲伤的心情将要归去。宋玉《九辩》:"登山临水兮送将归。"

③ 一川暝霭:指原野上弥漫着黄昏的雾气。暝,日暮。霭,雾气。

④ 半规凉月:天空挂着半圆形的月亮。半规,半圆形。谢灵运《游南亭》诗:"密林含余清,远峰隐半规。"

⑤ 人影参差：指月光下人们来回走动，人影错杂凌乱。

⑥ 泪花销凤蜡：含着眼泪看蜡烛渐渐消融。凤蜡，蜡烛的美称，语出《南齐书·王僧虔传》："僧虔年数岁，独正坐，采蜡珠为凤凰。"

⑦ "风幕"句：化用李煜《临江仙》词："画帘珠箔，惆怅卷金泥。"写夜风吹卷起室内的帘幕。金泥，涂饰物品的金粉，此处指帘幕上的涂金花饰。

⑧ 砧杵(zhēnchǔ)韵高：(夜晚的)捣衣声一声比一声高。砧杵，古代妇女用来捣衣的工具，砧为捣衣石，杵为捣衣槌。韵，这里指捣衣声的节拍。

⑨ 绮罗：有花纹的丝织品。这里代指美人。

⑩ 亭皋(gāo)：水边平地。分襟：分手，分别。

⑪ 难堪：难以忍受。处：这里当"时"讲。掩面牵衣：掩面而泣，牵衣而啼。形容分手时很悲伤。

⑫ 怨怀长结：忧愁怨恨的情绪从此郁结在心头。三国魏徐幹《杂诗》："沉吟结愁忧。"

⑬ 银钩：形容书法笔势宛若银钩。晋索靖《书势》："盖草书之为状也，宛若银钩，飘若惊鸿。"后泛指字迹。白居易《写新诗寄微之偶题卷后》："写了吟看满纸愁，浅红笺纸小

银钩。"

⑭玉筯(zhù)：玉制的筷子,喻指美人的眼泪。南朝梁刘孝
威《独不见》诗:"谁怜双玉筯,流面复流襟。"

　　这首词写周邦彦即将离开荆州时与相爱女子的难分
难舍之情。这样的题材在他之前许多人已经不断地写
过,尤其是柳永的词中更不乏此词所写的一些场景。此
词之所以为许多选家看好,主要在于其章法结构的曲折
有致。词中的眼前实景都在上下片的后几句,而对于离
别的场面,却从追忆中用虚笔写出,这是用所谓"逆挽"
法。此词结句不用作者惯用的含蓄之笔,而是用重拙之
笔直抒胸臆。这种结尾,因为前面的叙事写景已很充分,
遂显得十分凝重有力。况周颐《蕙风词话》称赞说:"此
等语愈朴愈厚,愈厚愈雅,至真之情由肺腑中流出,不妨
说尽而愈无尽。"此外,此词写景叙事时多用对偶,尤其是
上下片都用了扇对(上片两组,下片一组),这就使得全篇
散中见整,灵动变化,文辞华美,文义婉转,参差错落,饶
有韵致。这也是本篇艺术表现上的一大优点。

虞　美　人

廉纤小雨池塘遍^①，细点看萍面^②。一双燕子守朱门，比似寻常时候易黄昏^③。　宜城酒泛浮香絮^④，细作更阑语^⑤。相将羁思乱如云^⑥，又是一窗灯影两愁人。

① 廉纤：细微，纤细。特指雨。韩愈《晚雨》诗："廉纤晚雨不能晴，池岸草间蚯蚓鸣。"黄庭坚《次韵赏梅》诗："微风拂掠生春丝，小雨廉纤洗暗妆。"

② 细点：指雨点。萍面：长满浮萍的水面。

③ 比似：比，与……相比。寻常：平常。

④ 宜城酒：即宜成醪，是汉代南郡宜城（今属湖北）出产的名酒。《周礼·天官·酒正》："一曰泛齐。"郑玄注："泛者，成而滓浮，泛泛然如今宜成醪矣。"曹植《酒赋》："其味有宜成醪醴，苍梧缥清。"宜成，即宜城，故城在今湖北宜城县南。宜城属荆州，作者在荆州作此词，故写到本地名酒。浮香絮：酒的表面浮泛着香絮般的白沫。

⑤ 更阑：更深夜尽。

⑥ 相将：相共，相与。羁(jī)思：客居异乡的愁苦和烦恼。

　　这首词也当是周邦彦将要离开荆州时与情人惜别之作。上片先写景，景中已饱含愁情。池塘上的绵绵细雨，实是象征一对情侣心中的绵绵愁思。而成双的燕子，更是反衬情侣即将分离。下片专写分离的前夜两人通宵不眠之状。宜城美酒，浇不灭他们心中的愁苦。直到更深夜尽，他们还在相拥相偎，绵绵细语，毫无睡意。两人的愁苦就像这个雨夜天空的乱云。他们是如此孤独可怜——一窗摇曳的灯影，映照着两个黯然相对的情人！其实此词的景不过是平常的景，情也只是平常的情，但经过作者细腻的描写和刻意的渲染，则境界鲜明，全篇显得十分深沉感人了。

玉　楼　春

大堤花艳惊郎目①，秀色秾华看不足②。

休将宝瑟写幽怀③,座上有人能顾曲④。平波落照涵赪玉⑤,画舸亭亭浮淡渌⑥。临分何以祝深情?只有别愁三万斛⑦。

① "大堤"句:化用南朝梁乐府《清商曲·襄阳乐》:"朝发襄阳城,暮至大堤宿。大堤诸儿女,花艳惊郎目。"用以描写襄阳(这里属荆州)城外的汉江大堤上,游女艳丽如花,使青年男子们看得眼花缭乱。《湖广志》:"大堤东临汉江,西自万山,经檀溪、土门、白龙池、东津渡,绕城外老龙堤,复至万山之麓,周围四十余里。"

② "秀色"句:化用白居易《和梦游春》诗:"秀色似可餐,秾华如可掬。"秀色,美色。秾华,繁盛浓丽。

③ 宝瑟:瑟的美称。瑟,古代的一种弦乐器,似琴,二十五弦。写幽怀:(用瑟)倾诉心中深藏的感情。

④ 有人:暗指作者自己。顾曲:用《三国志·吴书·周瑜传》"曲有误,周郎顾"的典故。参见前选《意难忘》注。

⑤ 平波:指汉江平静的水面。落照:落日。涵:包含,沉浸。赪(chēng)玉:红色的玉。比喻太阳。陈元龙注《片玉词》云:"宋迪八景有《渔村落照》诗:'水中落日如赤玉。'"又,

李贺《春归昌谷》诗:"谁揭赤玉盘,东方发红照。"

⑥ 画舸(gě):雕有花纹的大船。《方言》第九:"南楚江湘,凡船大者谓之舸。"亭亭:高耸的样子。渌(lù):清澈。汉张衡《东京赋》:"渌水澹澹。"

⑦ 三万斛(hú):极言其多。斛,古代容量单位,十斗为一斛。北周庾信佚诗:"谁知一寸心,能容万斛愁。"

这首词是作者在荆州时游览襄阳大堤所作。上片写白天游堤时的艳遇,下片写黄昏分别时的依依不舍。上片虽因篇幅的限制而只作概括性的描写,未及进行细致的刻画,但女子姿容体态之艳丽、饮宴场面之欢快热烈及男女双方在音乐上的知音关系等等,均已表现出来。可谓句约意丰的大手笔。下片写离情,先写景,后及情,景色如画,而已暗含感情;结尾直言愁苦,坦率热烈,真挚感人。《乔大壮手批片玉集》说:"结笔大处,非周不能。"又,罗忼烈《周邦彦清真集笺》推断说:"此别荆州时作,大堤祖帐,平波落日,绿水维舟,词意分明。"可做参考。

绮 寮 怨

上马人扶残醉①,晓风吹未醒。映水曲、翠瓦朱檐②,垂杨里、乍见津亭③。当时曾题败壁④,蛛丝罩、淡墨苔晕青⑤。念去来、岁月如流,徘徊久、叹息愁思盈⑥。　　去去倦寻路程。江陵旧事⑦,何曾再问杨琼⑧。旧曲凄清,敛愁黛、与谁听⑨?尊前故人如在⑩,想念我、最关情⑪。何须渭城⑫,歌声未尽处,先泪零。

① "上马"句:这是化用李白《鲁中都东楼醉起作》诗"昨日东楼醉,还应倒接离。阿谁扶上马,不省下楼时"和晏几道《玉楼春》词"来时醉倒旗亭下,不省阿谁扶上马"而成,写自己酒醉未醒就被人扶上马。

② 水曲:水岸边曲折之处。翠瓦朱檐:即下文的"津亭"。

③ 乍:忽然。津亭:渡口的亭子。唐张九龄《春江晚景》诗:"薄暮津亭下,余花满客船。"

④ 败壁:残损的墙壁。

⑤ "淡墨"句：墨迹模糊而苔痕青浓。

⑥ 盈：充满。

⑦ 江陵旧事：客居荆州时的往事。江陵，指荆州。

⑧ 杨琼：唐代江陵著名的歌妓。白居易《问杨琼》诗："古人
唱歌兼唱情，今人唱歌惟唱声。欲说问君君不会，试将此
语问杨琼。"这里用杨琼代指作者在荆州交好的歌妓。

⑨ 敛愁黛：紧锁发愁的双眉。敛，收拢，聚集。黛，古代女子
画眉用的青黑色颜料，这里代指眉毛。

⑩ 尊前：酒席上。尊，酒器。

⑪ 关情：动情地关注。唐方干《经周处士故居》诗："愁吟与
独行，何事不关情。"

⑫ 渭城：指《渭城曲》。唐王维《送元二使安西》诗："渭城朝
雨浥轻尘，客舍青青柳色新。劝君更尽一杯酒，西出阳关
无故人。"被谱曲传唱，称《渭城曲》，又称《阳关三叠》。这
里用以泛指离别的歌曲。

　　这首词应是作者第二次到荆州时怀旧之作。具体
写作时间不详，但所写内容是可以肯定的——怀念自己
第一次旅居荆州时的情事。作者重过荆州，清晨路过旧

日曾停歇的津亭,却见当年题诗的墙壁已经残损,字迹
也已漫漶不清,不觉触景伤怀,忆起旧日情事,特别是忆
起了自己非常熟悉的那位知音识曲的江陵歌妓,于是感
慨万端,形之于词。全篇用叙事、写景与抒情三者融为
一体的手法写成,上片叙写旅途感旧,层次分明,委曲详
尽。下片专写自己的哀伤情怀,低回婉转,情辞幽咽。
俞陛云《唐五代两宋词选释》评论说:"起二句工于发
端,'败壁'二句,凡昔年村店题壁,客子重过,自有一种
征途怀旧之感,况蛛丝苔晕,极荒寒耶? 下阕'旧曲'三
句,作一顿挫,以下如乘溜放舟,不须篙橹,其情词之幽
咽,若清夜啼猿,令人不怡也。"

六　幺　令

重　九

　　快风收雨^①,亭馆清残燠^②。池光静横秋
影^③,岸柳如新沐^④。闻道宜城酒美^⑤,昨日新
醅熟^⑥。轻镳相逐^⑦。冲泥策马^⑧,来折东篱半

开菊⑨。　　华堂花艳对列⑩，一一惊郎目⑪。歌韵巧共泉声，间杂琮琤玉⑫。惆怅周郎已老⑬，莫唱当时曲。幽欢难卜⑭。明年谁健，更把茱萸再三嘱⑮。

① 快风：使人感到清爽畅快的风。参见前选《点绛唇》(台上披襟)注。

② 残燠(yù)：残留的暑热。燠，闷热。

③ 池光：水池里的波光。南齐谢朓《奉和随王殿下诗十六首》之三："月阴洞野色，日华丽池光。"秋影：用杜牧《九日齐山登高》诗："江涵秋影雁初飞。"

④ 如新沐：像是刚洗浴过。

⑤ 宜城酒美：《太平寰宇记》载："襄阳郡宜城县……其地出美酒。"另参前选《虞美人》(廉纤小雨池塘遍)注。宜城，古属荆州襄阳郡，今属湖北。

⑥ 新醅(pēi)：新酿的酒。醅，没过滤的酒。

⑦ 轻镳(biāo)：快马。镳，马嚼铁，代指马。

⑧ 冲泥：谓马疾行于途，溅起了路上的泥土。杜甫《崔评事弟

许相迎不到虑老夫见泥怯出必惩佳期走笔戏简》诗:"虚拟
皓首冲泥怯,实少银鞍傍险行。"策马:鞭打马儿,使之
快行。

⑨ "来折"句:用陶渊明《饮酒》诗:"采菊东篱下,悠然见
南山。"

⑩ 华堂:豪华富丽的厅堂。花艳:指艳丽如花的女子。

⑪ 一一惊郎目:上句连同此句,是化用南朝梁乐府《襄阳乐》:
"大堤诸儿女,花艳惊郎目。"参见前选《玉楼春》(大堤花
艳惊郎目)注。

⑫ "歌韵"二句:化用韩愈、孟郊《城南联句》诗"泉音玉琤琤"
和晏殊《玉楼春》词"重头歌韵响琤琮"二句而成。形容歌
声的优美动听。

⑬ 惆怅:失意伤感。周郎:作者自称。参见前选《意难
忘》注。

⑭ 幽欢:相约未来幽会的欢乐。卜:占卜,预测。

⑮ "明年"二句:化用杜甫《九日蓝田崔氏庄》诗:"明年此会
知谁健,醉把茱萸仔细看。"茱萸(zhūyú):植物名。古代
风俗,九月九日重阳节,人们佩茱萸囊以避灾去邪。见《续
齐谐记》。

　　这是作者再游襄阳时所写的一首咏重阳节的词。从周邦彦现存作品来看,他一生曾两次客居荆州。第一次大约如王国维所推测,是在教授庐州后到荆州任教授之职。但其第二次究竟在何时和因何事,现已不好推断。本篇中有"惆怅周郎已老,莫唱当时曲"等语,显然是多年后旧地重游时所作,因此我们把它附于此处,加以评介。词的上片以轻快爽健之笔写出重阳佳节清丽高朗的自然景色和自己乘兴出游的美好心情。下片则通过叙写华堂欢宴来感旧抒情,道出了自己的迟暮之悲。周邦彦作词喜欢化用杜甫诗句,常常点化杜甫之境界为自己之境界,本篇也体现了这一特色。如结尾处化用杜甫重九抒悲的诗句,而又另出己意,其"再三嘱"与杜甫的"仔细看"可谓各极其妙。此外,周邦彦善于以健笔写柔情,风格上做到了刚柔相济,并不像张炎《词源》所批评的那样一味地"软媚",而是有潜气内转的深厚功力。这在本篇也有杰出的表现。故乔大壮手批《片玉集》评曰:"'周郎'自家用典,两'郎'字不伤复,可资玩索。此篇内转处可见。"

渡江云

春词

晴岚低楚甸①，暖回雁翼，阵势起平沙②。骤惊春在眼③，借问何时，委曲到山家④。涂香晕色⑤，盛粉饰、争作妍华⑥。千万丝、陌头杨柳，渐渐可藏鸦⑦。　　堪嗟。清江东注⑧，画舸西流⑨，指长安日下⑩。愁宴阑、风翻旗尾⑪，潮溅乌纱⑫。今宵正对初弦月⑬，傍水驿、深舣蒹葭⑭。沉恨处⑮，时时自剔灯花⑯。

① 晴岚：晴天山中的雾气。楚甸：荆楚大地的原野。南朝齐谢朓《和伏武昌登孙权故城诗》："鹊起登吴台，凤翔陵楚甸。"又，唐刘希夷《江南曲》："潮平见楚甸，天际望维扬。"甸，郊野。

② "阵势"句：大雁在江岸边的沙地上列队起飞。

③ "骤惊"句：对春天的突然到来感到惊喜。这是暗用唐杜审言《和晋陵陆丞早春游望》诗"独有宦游人，偏惊物候新"

之意。

④ "借问"二句：我不禁发问："是什么时候拐弯抹角地来到这个偏僻的山庄啦？"据陈元龙注《片玉集》，这句是化用连不器《春风》诗："可怜委曲来山家。"

⑤ 涂香晕色：涂抹上脂粉香泽。

⑥ 争作妍华：争妍竞美。以上从"涂香"至"妍华"，是用拟人手法描写山中百花争妍。

⑦ "千万丝"二句：化用王昌龄《闺怨》诗"忽见陌头杨柳色"和梁简文帝《金乐歌》"杨柳正藏鸦"二句而成。陌头杨柳，指路边的柳树。

⑧ 清江：指长江。

⑨ 画舸：雕有花纹的大船。前面所选词中已屡见。

⑩ 长安日下：典出《世说新语·夙慧》："晋明帝数岁，坐元帝膝上。有人从长安来，元帝……因问明帝：'汝意谓长安何如日远？'答曰：'日远，不闻人从日边来，居然可知。'元帝异之。明日，集群臣宴会，告以此意，更重问之，乃答曰：'日近。'元帝失色，曰：'尔何故异昨日之言耶？'答曰：'举目见日，不见长安。'"王勃《滕王阁序》："望长安于日下。"长安，今陕西西安，此处代指汴京。

⑪ 宴阑：宴会将要结束。阑：尽。

⑫ 乌纱：指官帽。

⑬ 初弦月：农历初七、初八晚上的月亮缺上半，称上弦月，又
　　称初弦月。杜甫《遣意二首》："云掩初弦月。"

⑭ 水驿：水边渡口的驿站，旅舍。杜甫诗："微冥水驿孤。"舣
　　(yǐ)：将船靠岸。蒹葭(jiānjiā)：没有抽穗的芦苇。《诗
　　经·秦风·蒹葭》："蒹葭苍苍，白露为霜。"

⑮ 沉恨处：正在怨恨的时候。处，这里当"……的时候"讲。

⑯ 剔灯花：旧时点油灯，灯芯燃烧成花状，须用针将其剔掉。
　　唐唐彦谦《无题》诗："满园芳草年年恨，剔尽灯花夜夜心。"

　　此词王国维《清真先生遗事》推断为周邦彦"在教
授庐州之后，知溧水之前"所作。但细味词中"清江东
注，画舸西流，指长安日下"等语，似更像后来在江东应
召入京，逆水西上汴京，途经荆州时所作。本编因其同
为荆州之词，为方便计，将它放在这里一并介绍。这也
是《清真词》中言情深挚、技巧高明的名篇。古代诗人
有所谓"以乐景写哀，以哀景写乐，一倍增其哀乐"（王

夫之《姜斋诗话》）的抒情方法,宋代词人亦移用此种技法来抒情。本篇采用的正是"以乐景写哀"而一倍增其哀的反衬法。上片极力铺写荆江两岸明媚的春色,是为了反衬作者旅途的辛劳和内心的寂寞。下片写船上生活的无聊和深夜泊舟芦苇荡的凄凉,以此"哀景"与前面的"乐景"形成鲜明的对比,愈发突出了羁旅行役之苦和对游宦生涯的厌倦。此词对客愁的抒写,与柳永有异曲同工之妙。恰如俞陛云《唐五代两宋词选释》所评:"上阕言楚江作客,春光取次而来,皆平序景物。其写怀全在下阕,宴阑人散,送行者皆自崖而返,而扁舟孤客,泊芦苇荒滩,与冷月残灯相对,此词与柳屯田之'晓风残月',皆善写客愁者。"

三、出知溧水

　　宋哲宗元祐八年（1093）春，三十八岁的周邦彦被委任知溧水县（今属江苏），从以往多年的学官转而进入下层地方官员之列。旅居溧水的三年，是周邦彦的生活方式和文学创作风格的成熟期与定型期。

　　溧水在宋代是江宁府（府治在建康，即今南京市）的属县。这里地属江南水乡，当时县城负山带郭，四周江河溪涧湖沼遍布，物产丰富，人烟稠集。虽然只是区区一县，但"官赋浩穰，民讼纷沓"，行政司法各项事务颇为繁杂，要治理好这个地方是不那么容易的。对此，初任"父母官"的风流才士周邦彦将何以措手呢？

　　早在《汴都赋》中周邦彦就指斥宋代以前的一些朝

代,特别是秦、隋二朝残民以逞的暴政,阐发了儒家仁政爱民的思想,强调"有德则昌",建议当代统治者"以义为路,以礼为门,键钥以柄,开阖以权,扫除以政,周里以恩"。这次被委知溧水,虽然做地方官非其所长与所愿,但他还是躬行自己素来的政治主张,在这个任上赢得了较好的政声。从他在溧水时所写的一首《无题》诗中"令尹虽无恩,黠吏幸先屏"和"无人横催租,烹鲜会同井"等自白来看,他到任后,曾在溧水县内清除了狡黠贪鄙的属吏衙役,并实行了宽缓租税的政策。这些开明措施,与他以后在《睦州建德县清理堂记》中提出的对人民"息讼弛刑"、"无苛取滋事以扰之"等主张是相吻合的。据地方志记载,邦彦的叔叔周邠于元丰四年(1081)知溧水,"赋税外秋毫无扰于民","节俭爱民,民德之"。邦彦在叔叔之后十多年来到此县,看来是学习和继承了后者的从政作风。《溧水县志·官师志》等书对他的政声也有类似于周邠的记载。此后八十多年的南宋孝宗淳熙年间,晋阳人强焕来知溧水县,采访民情,得知邦彦为宰时"其政敬简,民到于今称之者,固有余

爱"。《江宁府志》《溧水县志》也一致称赞邦彦为"才
吏"。综合这些记载来分析推断,周邦彦溧水之任是能
行善政,而且才力胜任、游刃有余的。但是周邦彦从心
底里是不愿干这个知县的差事的。知溧水期间可以说
是他流落吴楚的十年中牢骚最盛的时期。在此期间,他
在自己所写的一首长篇七古《仙杏山》中这样自我表
白道:

> 本非民土宰官身,欲断人间烟火谷。行寻幽洞
> 觅丹砂,倘见臞仙骑白鹿。便应执帚洗仙坛,不用
> 纤纤扫尘竹。

试看他的精神何等颓放,不但不愿做七品县官,而且连
尘世也不想再待下去,竟要断掉人间烟火食,想去求仙
学道了! 他这种求仙学道念头的产生,既有主观思想因
素,又有客观环境的影响。从主观上来看,自从被排挤
出汴京后,长时间沉沦州县,思想着实苦闷,要寻求精神
解脱。从客观环境来讲,溧水与句容县的茅山邻近,茅
山为道教圣地,羽流之中号称某代宗师者,不乏溧水人。

所以这一带道教影响甚大。王安石《登大茅山顶》诗就有"陈迹是非今草莽,纷纷流俗尚师仙"之叹。周邦彦此时已四十来岁,少年锐气已消磨殆尽,唯胸中块垒尚难全消,所以他颓然自放,开始信仰道教。他自号清真居士,大约就始于溧水。楼钥《清真先生文集序》称其"学道颓然,委顺知命",大约也始于此时。

因为受了道教玄风的熏染,周邦彦连对溧水县衙的园圃厅堂都"取神仙中事揭而名之"。什么"姑射亭"、"萧闲堂",什么"新绿池"、"隔浦莲",不一而足。溧水县境内的许多山川乡里都有道家意味极浓的名称,如"无想山"、"长寿乡"等等,有人怀疑也是邦彦作宰时所命名的。构筑或物色了这么一些消愁解闷之所以后,他每每于政事之暇逐处"一觞一咏","舒啸"狂吟,追求神仙似的旷达境界。于是一批表明他的个人风格已经建立的文学作品就在这几年产生了。

周邦彦在溧水任知县期间,除了写作如上所选的一些流连光景、托物寄怀、解闷销忧的作品外,还创作了不少怀人忆旧、恋爱相思的精美小词。溧水为江宁府的属县,其土地与这座金陵古城相连,周邦彦无论因公因私都常去金陵,因此他在这期间写下了一些与金陵有关的怀古伤今的名篇佳什。这些都是他的创作辉煌期的杰出作品,它们真实而生动地反映了作者中年失意时期精神世界的不同侧面,并且以其多方面的艺术创造和多样化的风格,表明此时的周邦彦已从词坛名家转变成为词坛大家。本节《菩萨蛮·梅雪》以下诸词,便是历代词话家交口称誉、历代选家多已选过的一些传世之作。

满 庭 芳

夏日溧水无想山作①

风老莺雏②,雨肥梅子③,午阴嘉树清圆④。地卑山近,衣润费炉烟⑤。人静乌鸢自乐⑥,小桥外、新渌溅溅⑦。凭栏久,黄芦苦竹,拟泛九江船⑧。 年年。如社燕⑨。飘流瀚海⑩,来寄修椽⑪。且莫思身外,长近尊前⑫。憔悴江南倦客,不堪听、急管繁弦⑬。歌筵畔,先安簟枕,容我醉时眠⑭。

① 无想山:山名,在溧水县南十八里。

② 风老莺雏:这句化用杜牧《赴京初入汴口小景即事先寄兵部李郎中》诗:"风蒲莺雏老。"老,指长大。莺雏,小黄莺。

③ 雨肥梅子:这句化用杜甫《陪郑广文游何将军山林》诗:"红绽雨肥梅。"肥,指梅子被雨水滋养得滚圆。

④ 嘉树:好树。清圆:指树荫清凉而影子圆正。

⑤ "地卑"二句:意指溧水地势低湿,靠近山陵,衣物易受潮,需要花费炉烟来烘干。

⑥ 乌鸢(yuān):泛指鸟类。鸢,鹰类。

⑦ 新渌(lù):新涨的清澈的水流。溅(jiān)溅:流水声。

⑧ "黄芦"二句:化用白居易《琵琶行》"住近湓江地低湿,黄芦苦竹绕宅生"的句子。九江,即今江西九江市,唐为江州。白居易曾被贬为江州司马,《琵琶行》为他在江州时所作。这里作者自述有与白居易在江州时同样的苦闷心情。

⑨ 社燕:江南一带,燕子每年春社日从南方飞来,秋社日飞回去,所以称为社燕。

⑩ 瀚海：原意为沙漠，这里用以泛指荒凉偏远地区。

⑪ 修椽(chuán)：屋顶承瓦的长木。

⑫ "且莫思"二句：化用杜甫《绝句漫兴九首》中"莫思身外无穷事，且尽生前有限杯"句。身外，指功名事业等是身外之物。尊，酒杯。

⑬ 江南倦客：作者自指。急管繁弦：指音调急促繁复的乐曲。

⑭ 簟(diàn)：竹席。"容我"句：暗用《晋书·陶潜传》："潜若先醉，便语客：'我醉欲眠，卿可去。'"

　　这首词，是周邦彦在溧水无想山消夏解闷时对景遣怀的一篇名作。词的上片写作者久久凭栏，看到雨后的中午，梅子肥鲜，树阴清圆，溪中新渌涨泛；这时莺雏已经长大，乌鸢正在自寻其乐，满眼是初夏清新恬静的景色。但是这里"地卑山近"，空气潮湿，到处生满"黄芦苦竹"，使他联想起白居易当年被贬江州的境况，顿起身世之悲。下片作者即转入抒写身世之感。他自比社燕，与"乌鸢自乐"形成鲜明的对照，形象化地表现出自己仕途失意、流落异乡的怅恨之情。接着作者说，为了忘却这些烦恼，只好"长近尊前"，但是筵席上的"急管繁弦"更引人伤感，所以只好先安放好枕席，以便醉眠，把人间的一切烦恼抛开。全篇蓄势顿挫，气脉贯注，含蓄深沉，是周邦彦抒情词的代表作之一。清人陈廷焯《白雨斋词话》评论说："美成词有前后若不相蒙者，正是顿挫之妙。如《满庭芳》上半阕云：'人静乌鸢自乐，小桥外、新渌溅溅。凭栏久，黄芦苦竹，拟泛九江船。'正拟纵乐矣，下忽接云：'年年。如社燕。飘流瀚海，来寄修椽。且莫思身外，长近尊前。憔悴江南倦客，不堪听、急管繁弦。歌筵畔，先安枕簟，容我醉时眠。'是乌鸢虽乐，社燕自苦，九江之船，卒未尝泛。此中有多少说不出处，或是依人之苦，或有患失之心，但说得虽哀怨，却不激烈，沉郁顿挫中别饶蕴藉。后人为词，好作尽头语，令人一览无余，有何趣味！"这段话道出了本篇的主要艺术特色。

隔 浦 莲 近 拍

中山县圃姑射亭避暑作①

新篁摇动翠葆②,曲径通深窈③。夏果收
新脆④,金丸落、惊飞鸟⑤。浓霭迷岸草⑥。蛙
声闹,骤雨鸣池沼⑦。　　水亭小。浮萍破处,
帘花檐影颠倒⑧。纶巾羽扇⑨,困卧北窗清
晓⑩。屏里吴山梦自到⑪。惊觉,依然身在
江表⑫。

① 中山:山名。据《景定建康志》载:"中山,在溧水县东一十
　五里,高一十丈,周回五里。"县圃:县衙所属的园圃。姑射
　亭:周邦彦为溧水县衙后圃的亭子所起的名字。据南宋强
　焕《题周美成词》:"(周邦彦)于所治后圃有亭曰'姑射',
　有堂曰'萧闲',皆取神仙中事揭而名之。"姑射,取自《庄
　子·逍遥游》,该文说:姑射山中有神人居住,这个神人
　"肌肤若冰雪,绰约若处子,不食五谷,吸饮露,乘云气,御
　飞龙,而游于四海之外"。

② 新篁：新竹。翠葆(bǎo)：原指饰有翠鸟羽毛的车盖，这里比喻竹子的枝叶。南朝齐谢朓《侍宴华光殿曲水奉敕为皇太子作》诗："翠葆随风，金戈动日。"

③ "曲径"句：弯弯曲曲的小路通往园林的深幽处。语本唐常建《题破山寺后禅院》诗："曲径通幽处，禅房花木深。"

④ "夏果"句：化用韩愈"冰盘夏荐碧实脆"诗意。脆果，新鲜脆嫩的果实。

⑤ 金丸：原指金弹子。《西京杂记》："韩嫣好弹，常以金为丸，所失者日有十余，长安为之语曰：'苦饥寒，逐金丸。'"李白《少年行》诗"金丸落飞鸟"，是此句所本。但此处金丸是喻指金黄色的果实。

⑥ 浓霭：浓厚的雾气。

⑦ 沼：小水池。池之圆者为池，曲者为沼。

⑧ "浮萍"二句：化用张先《题西溪无相院》"浮萍破处见山影"诗句。

⑨ 纶(guān)巾：亦称"诸葛巾"，是一种以丝带做成的头巾。羽扇：以鸟羽做成的扇子。羽扇纶巾，是古代风流儒雅的士大夫的打扮。苏轼《念奴娇》词："羽扇纶巾，谈笑间、樯橹灰飞烟灭。"

⑩ "困卧"句：用陶潜的典故，表示自己心情的恬淡。《晋书·陶潜传》："尝言夏日虚闲，高卧北窗之下，清风飒至，自谓羲皇上人。"

⑪ 屏里吴山：屏风上画的杭州山水。吴山，杭州西湖东南的一座山，为西湖名胜之一。这是化用温庭筠《春日》诗："屏上吴山远，楼中朔管悲。"

⑫ 江表：古人通常把长江以南称为江表。这里指江宁（今南京）、溧水一带。

此次通过描写园圃中优美的夏景来寄寓思乡之情，写景极为细腻生动，抒情自然而深挚，章法也很绝妙。上片全是写景，颇有绘画美，画面的展现是由远及近，由边缘渐至中心——从外围的新竹，到通幽的曲径，到路旁的果树，到池塘边的芳草，最后写到蛙鸣和骤雨，亦即写到池塘本身。但这些都只是旁景，是为了逗出本篇的主景——水亭，亦即姑射亭。下片所写的，才是一篇之中心，这就是水亭和水亭中的词人的感慨之情。其中"浮萍破处，帘花檐影颠倒"二句，与《苏幕遮》中的"水

面清圆,一一风荷举"同为清真词写景名句。而羽扇纶
巾、北窗高卧两个典故,更表现出抒情主人公的潇洒闲
逸。篇末方透露出自己在潇洒闲逸外表下的绵绵思乡
情。从章法上看,本篇用的是逆叙法。正如陈洵《海绡
说词》所评:"自起句至换头第三句,皆惊觉后所见。
'纶巾'、'困卧'却用逆叙,'身在江表',梦到吴山。船
且到,风辄引去,仙乎仙乎。周词故善取逆势,此则尤
幻者。"

鹤　冲　天

溧水长寿乡作①

　　梅雨霁②,暑风和。高柳乱蝉多③。小园
台榭远池波④,鱼戏动新荷⑤。　　薄纱橱⑥,
轻羽扇⑦,枕冷簟凉深院⑧。此时情绪此时天,
无事小神仙⑨。

① 长寿乡:在溧水县北。见《景定建康志》卷十六。此乡名疑

亦是周邦彦所取。

② 梅雨：江南五月梅子黄熟时节，常阴雨绵绵，称"梅雨"或"黄梅雨"。霁：雨后天晴。

③ "高柳"句：化用唐刘长卿《送元八游江南》诗："繁蝉动高柳。"乱蝉多，指蝉声十分嘈杂。

④ 台榭(xiè)：筑土为台，台上盖屋称为榭。一般用以泛指供游乐用的亭台水榭。李白《江上吟》诗："楚王台榭空山丘。"

⑤ "鱼戏"句：化用谢朓《游东田》诗"鱼戏新荷动"之句，意指池中新荷摇动乃因鱼儿嬉戏而起。

⑥ 纱橱：纱帐。司空图《王官》诗之二："尽日无人只高卧，一双白鸟隔纱幮。"幮，同"橱"。李清照《醉花阴》词："玉枕纱橱，半夜凉初透。"

⑦ 羽扇：见前选《隔浦莲近拍》注。

⑧ 簟：竹席。

⑨ 无事小神仙：周邦彦在溧水沉溺于道教，故此处自称小神仙。

　　和前选两篇一样，本篇也是在溧水时消夏解闷之作。与前两篇不同的是,本篇不写愁思哀怀,只写闲逸之情,末句"无事小神仙",表现出来的是一副已经得到了精神解脱的样子。本篇写景极注意突出地方与季节特征,并自然而贴切地将自己的消散情怀与夏景交融起来,铸成空明悠远的抒情境界。

风　流　子

　　新绿小池塘①。风帘动、碎影舞斜阳②。羡金屋去来③,旧时巢燕④;土花缭绕⑤,前度莓墙⑥。绣阁里、凤帏深几许⑦,听得理丝簧⑧。欲说又休,虑乖芳信⑨;未歌先咽,愁转清商⑩。　　遥知新妆了,开朱户、应自待月西厢⑪。最苦梦魂,今宵不到伊行⑫。问甚时却与,佳音密耗⑬,寄将秦镜⑭,偷换韩香⑮。天便教人,霎时厮见何妨⑯?

① 新绿：池塘名。据强焕《题周美成词》所记,此池为周邦彦
知溧水县时在县衙后圃所凿。

② 风帘：被风吹动的帘幕。碎影：凌乱的影子。

③ 金屋：华丽的闺房。据《汉武故事》记载,汉武帝幼时曾说：
"若得阿娇作妇,当作金屋贮之也。"

④ 旧时巢燕：往年筑巢栖居于该女子闺房檐下的燕子。

⑤ 土花：苔藓。李贺《金铜仙人辞汉歌》："画栏桂树悬秋香,
三十六宫土花碧。"

⑥ 莓墙：长满莓草的院墙。

⑦ 凤帏：绣有凤凰图案的帘幕。帘幕的美称。几许：几多,
多少。

⑧ 理丝簧：弹奏乐器。丝,弦乐器。簧,管乐器中用以振动发
声的薄片。丝簧合成一个词,统指管弦乐器。

⑨ 虑：担忧,担心。乖：违误,背离。芳信：花信。苏轼《谢关
景仁送红梅栽》诗："年年芳信误红梅,江畔垂垂又欲开。"
这里喻指与女子欢会的佳期。

⑩ 愁转清商：将心中的愁烦转借相思的曲调表现出来。清
商,古乐府歌曲名,其中的吴歌、西曲等多为爱情相思
之歌。

⑪ 待月西厢：语出唐元稹《会真记》中莺莺赠张生诗："待月西厢下，迎风户半开。拂墙花影动，疑是玉人来。"指等待情人到来。

⑫ 伊行(háng)：她那边。行，宋代口语，那边，那里。晏几道《临江仙》词："如今不是梦，真个到伊行。"

⑬ 密耗：密约，密信。

⑭ 秦镜：指男女互赠的信物。《北堂书钞》引汉代秦嘉与妇徐淑书云："顷得此镜，既明且好，四海稀有，意甚爱之，故以相与。"又，秦嘉《赠妇诗》三首之三："宝钗可耀首，明镜可鉴形。"

⑮ 韩香：也指男女互赠的信物。《晋书·贾充传》："韩寿与贾充女私，时西域贡奇香，一着人经月不脱。武帝以赐充，充女盗予寿。充僚属闻其芬馥，称于充。充知与寿私也，秘之，以女妻寿。"以上二句是化用庾信《燕歌行》："盘龙明镜饷秦嘉，辟恶生香寄韩寿。"

⑯ 霎(shà)时：一会儿。厮见：相见。

　　这首词是清真集中的爱情名篇。关于它的"本事"，前人有过记载和推测，说是周邦彦在溧水时恋上了属下一位主簿之美姬，此词即为该女子而作。对此前代学者已证其不可靠。我们今天来阅读这样的作品，不必去无谓地争论"本事"之真伪，只需把它作为一首优美的爱情词来欣赏即可。此词写一个男子想念情人，又无从相见，由此生出无限情思与满腔幽怨。从词的上片可知，那位被怀念者，是一个深通音乐的女性，是男主人公的异性知音。他俩互相热爱，但因什么具体变故而未能结合。此刻男子隔屋听琴，不免产生遐想，情思奔涌而出。词先写外景，缘景入情；次用比兴，以燕子尚能飞入金屋和莓苔绕生伊人院墙来反衬自己不能自由出入庭院与情人相会。接下来又从对方着笔，设想该女子独处空闺的苦闷和忧伤。词中呈现的是一男一女两个情牵魂绕、饱受相思之苦的人物形象。缠绵悱恻的相爱之情，通过沉郁顿挫的词章得到淋漓尽致的表现。词的结尾，出人意表地结束婉曲含蓄的低吟，忽作直率迸裂的呼喊："天便教人，霎时厮见何妨！"这更是炽烈的恋情升到了高峰，具有"不妨说尽，而愈不尽"（况周颐《蕙风词话》）的艺术效果。

红 林 檎 近

咏 雪

高柳春才软①,冻梅寒更香。暮雪助清峭②,玉尘散林塘③。那堪飘风递冷④,故遣度幕穿窗⑤。似欲料理新妆⑥,呵手弄丝簧⑦。

冷落词赋客⑧,萧索水云乡⑨。援毫授简⑩,风流犹忆东梁⑪。望虚檐徐转⑫,回廊未扫,夜长莫惜空酒觞⑬。

① "高柳"句:是说春来柳树发芽,枝条开始变软。

② 清峭:清冷。

③ 玉尘:指雪粒。白居易《酬皇甫十早春对雪见赠》诗:"漠漠复雰雰,东风散玉尘。"林塘:树林和池塘。

④ 飘风:(雪花)随风飘荡。递冷:传递寒气。

⑤ 度幕穿窗:(雪花)飞进帘幕,穿透窗户。

⑥ 料理:安排。

⑦ 丝簧:指乐器。见前选《风流子》(新绿小池塘)注。这两

句是化用欧阳修《诉衷情》词:"清晨帘幕卷轻霜,呵手试梅妆。"

⑧ 词赋客:作者自指。作者曾献《汴都赋》,故云。

⑨ 萧索:雪花飘落的样子。谢惠连《雪赋》:"其为状也,散漫交错,氛氲萧索。"

⑩ 援毫授简:提起笔来,铺开纸张。指进行写作。此典出于谢惠连《雪赋》,该赋谓汉梁孝王游于兔园,召邹阳、枚乘、司马相如等随侍。一会儿天下大雪,"王乃……援简于司马(相如)大夫曰:'抽子秘思,骋子妍辞,侔色揣称,为寡人赋之。'"毫,毛笔。简,古人书写用的竹片,这里指纸张。周邦彦在太学时曾写《汴都赋》献给皇帝,故用此典。

⑪ "风流"句:指作者于元丰年间献《汴都赋》得官,一时轰动京城的事。东梁,今河南开封,即北宋京城汴京。此为汉梁孝王封地。这里作者是以司马相如自比。据《史记·司马相如列传》:"客于梁,梁孝王令与诸生同舍……居数岁,乃著《子虚赋》。"

⑫ 虚檐徐转:形容雪花缓慢地回旋飘荡于屋前檐下。

⑬ 酒觞:酒杯。

此词为在溧水时初春咏雪景之作。题为咏雪，但其意不在咏物，仅仅是借雪景抒情，因此对雪本身并不作细致的刻画，而用大部分篇幅来渲染寒冷清峭的雪天江乡环境，并联想到历史上司马相如在汴梁雪天为梁孝王作赋的得意情景，自然地想及于自己当年在汴京献赋得官的荣耀，从而衬托出此时此地失意沦落的心态。这才是本篇的主旨所在。全篇咏物而不沾滞于物，巧妙地借物寓情，表现了很高的抒情艺术。

红 林 檎 近

雪 晴

风雪惊初霁，水乡增暮寒①。树杪堕飞羽②，檐牙挂琅玕③。才喜门巷堆积，可惜迤逦销残④。渐看低竹翩翩⑤，清池涨微澜⑥。

步屐晴正好⑦，宴席晚方欢。梅花耐冷，亭亭来入冰盘⑧。对山前横素⑨，愁云变色，放杯同觅高处看⑩。

① "水乡"句：是说溧水县城因化雪而天气降温，黄昏时感到很冷。这是袭用唐祖咏《终南望余雪》诗"林表明霁色，城中增暮寒"句意。

② 树杪(miǎo)：树梢。飞羽：飘落的鸟羽。喻树枝上的雪片。

③ 檐牙：屋檐边际翘出如牙的一种建筑装饰。琅玕(láng gān)：一种美石。《尚书·禹贡》："黑水西河惟雍州……厥贡惟球琳琅玕。"又《急就篇》："系臂琅玕虎魄龙。"注："琅玕，火齐珠也。一曰石似珠者也。"这里用以喻指檐牙上的冰柱。

④ 迤逦(yǐ lǐ)：曲折连绵的样子。谢朓《治宅》诗："迢遰南川阳，迤逦西山足。"销残：指积雪融化。

⑤ 翩翩：飘扬、摇曳的样子。汉刘向《说苑·指武》："旌旗翩翩，下蟠于地。"唐卢照邻《悲才难》："叶翩翩兮相翳。"这里指竹叶上的雪融化以后，竹枝轻松地摇曳起来。

⑥ 微澜：细小的波浪。

⑦ 步屐(jī)：穿着木头鞋行走。屐，木头鞋。

⑧ 亭亭：高洁的样子。《后汉书·蔡邕传》：“和液畅兮神气宁，情志泊兮心亭亭。”冰盘：洁净如冰的盘子。韩愈《李花二首》：“冰盘夏荐碧实脆。”

⑨ 山前横素：指山麓尚未融化的积雪。素，白色，指雪。

⑩ “放杯”句：放下酒杯，离开筵席，找个高处去观看残雪。

　　本篇也作于溧水，而且写作时间紧接前一篇（《红林檎近·咏雪》）。前一篇写春雪突来时之景，本篇则接着写雪后初晴之景，二词堪称姊妹篇。两篇虽同为咏雪之作，但由于主旨不同，所寄寓的感情也不一样，因而风格情调与写法也有很大的差异。前一篇虽为咏物之作，但意不在物本身，而是借物寓情，因而不重在对雪景本身的细致刻画，而重在环境气氛的渲染，以此来寄寓自己的失意感伤之怀。风格情调因此而显得沉郁悲凉。本篇则纯属赏景散心之作。天放晴了，雪融化了，作者的心情也随之开朗了，于是设宴观景，细细地欣赏和描写冰雪融化时从庭院到街巷到远山外间万物的变化。此时的作者心情闲逸，欲借晴朗之景以尽消胸中块垒，于是由近及远地展现景物,层层推开,疏密有致,点染有法,体物工巧,所营造的艺术境界也显得空明澄鲜了。将这两首词对读,可以多侧面地了解到周邦彦咏物词的风格和成就。

玉　烛　新

早　梅

溪源新腊后①。见数朵江梅②,剪裁初就。晕酥砌玉芳英嫩③,故把春心轻漏。前村昨夜④,想弄月黄昏时候⑤。孤岸峭、疏影横斜⑥,浓香暗沾襟袖。　　尊前赋与多才⑦,问岭外风光⑧,故人知否?寿阳谩斗⑨。终不似,照水一枝清瘦⑩。风娇雨秀⑪。好乱插繁花盈首⑫。须信道、羌管无情⑬,看看又奏⑭。

① 溪源:水名,源出溧水县东二十里庐山,流入秦淮河。见《太平寰宇记》。新腊:腊祭之后。指农历进入十二月。

腊,古代农历十二月祭祖先之名,因以十二月为腊月。

② 江梅:这里指水边的梅花。

③ "晕酥"句:形容梅花像美人一样洁白美丽而娇嫩。

④ 前村昨夜:用唐僧齐己《早梅》诗:"前村深雪里,昨夜一
　　枝开。"

⑤ "想弄月"句:用林逋《山园小梅》诗:"暗香浮动月黄昏。"

⑥ 疏影横斜:用林逋《山园小梅》诗:"疏影横斜水清浅。"

⑦ 尊前:酒宴上。尊,酒杯。

⑧ 岭外风光:指广东大庾岭的梅花。《白氏六帖》:"大庾岭
　　上梅,南枝落,北枝开。"

⑨ 寿阳谩斗:寿阳公主的梅花妆,比不上(斗不过)自然界的
　　梅花。寿阳,指南朝宋武帝女寿阳公主。据《太平御览·
　　时序部》引《杂五行书》:"宋武帝女寿阳公主人日卧于含章
　　殿下,梅花落公主额上,成五出花,拂之不去。皇后留之,
　　看得几时。经三日,洗之乃落。宫女奇其异,竞效之。今
　　梅花妆是也。"谩斗,徒然与……相斗(相比)。

⑩ "终不似"二句:是说寿阳公主的梅花妆虽然美,还是比不
　　上这枝照在水中的梅花的清瘦身影。

⑪ 风娇雨秀:梅花经过风雨,更加娇美秀丽。

⑫ 乱插繁花：化用杜甫《苏端薛复筵简薛华醉歌》："安得健
步移远梅，乱插繁花向晴昊。"盈首：满头。

⑬ 羌管：指笛子。笛子原出古羌族，故名。温庭筠《题柳》诗：
"羌管一声何处曲，流莺百啭最高枝。"

⑭ 看看又奏：眼看着笛子，又要吹奏《梅花落》的曲子。这是
担心梅花很快就要凋谢。

这是周邦彦在溧水所写的一首咏早梅的词。上片
多侧面地描写水边早梅的优美风姿，重在突出其"早"
的特征，如"新腊后"、"剪裁初就"、"春心轻漏"、"前村
昨夜"等，都是在强调一个"早"字。而"晕酥"二句将早
梅比拟为初妆亮丽、有意泄露"春心"的美人，尤为形象
生动。下片进一步拿寿阳公主的梅花妆来与真正的梅
花作比较，更突出了早梅的天然之美。结尾转入抒写自
己赏梅的兴致和情思，"羌管"二句，尤其表现出作者惜
春爱美之心。明人沈际飞评论说："下阕全是一团梅花
精灵，寿阳公主犹不似，誉梅极矣，爱梅极矣。"(《草堂
诗余正集》)本篇的主旨，正是写作者的一片爱梅之心。

丑 奴 儿

梅 花

肌肤绰约真仙子[①]，来伴冰霜。洗尽铅黄[②]。素面初无一点妆[③]。　　寻花不用持银烛[④]，暗里闻香[⑤]。零落池塘。分付余妍与寿阳[⑥]。

① "肌肤"句：喻指梅花像一位肌肤洁净、身姿柔美的仙子。语本《庄子·逍遥游》："藐姑射之山，有神人居焉。肌肤若冰雪，绰约若处子。"又，白居易《长恨歌》："楼阁玲珑五云起，其中绰约多仙子。"绰约，姿态柔美的样子。

② 铅黄：古代女子用来化妆的铅粉和宫黄（涂于额上的黄色铅粉）。此泛指脂粉。

③ 素面：脸上不施脂粉。典出北宋乐史《杨太真外传》："封大姨为韩国夫人，三姨为虢国夫人，八姨为秦国夫人，同日拜命，皆月给钱十万，为脂粉之资。然虢国不施妆粉，自炫美艳，常素面朝天。"这里用以比喻梅花有天然之美。

④ "寻花"句：反用苏轼《海棠》诗"只恐夜深花睡去，故烧高
烛照红妆"句意，意谓梅花自有暗香吸引人，不须点上蜡烛
去寻找它。

⑤ 暗里闻香：用林逋《山园小梅》诗："暗香浮动月黄昏"
句意。

⑥ 余妍：指残留的梅花花瓣。寿阳：指南朝宋武帝女寿阳公
主。见前选《玉烛新》注。

　　这是周邦彦在溧水写的又一首咏梅寄怀的词。上
片赞梅，连用两个比喻：先将梅花比为神话传说中的姑
射仙子，以突出它的清高雅洁、不同凡俗；后又将它比为
"素面朝天"的虢国夫人，以赞扬它的清新自然，不事粉
饰。二典连用，梅花的品格已托现出来了。下片寻梅，
对梅花的零落表示忧伤，但又振起一笔，说是梅花虽然
飘零于池塘边，可喜的是尚有幽香可寻，而且它残留的
花瓣落到美人额头上，变成了有名的"寿阳妆"，将自己
的美流传到了人间。其实写花即以写人，此词中实已打
入了作者自己的身世之感。他似是在借梅花之飘零池

塘,暗喻自己之飘零州县;而幽香可寻、余妍化寿阳妆云
云,更可理解为他对自己的未来还抱有希望。

菩 萨 蛮

梅 雪

银河宛转三千曲①,浴凫飞鹭澄波绿②。
何处是归舟? 夕阳江上楼③。　　天憎梅浪
发④,故下封枝雪⑤。深院卷帘看⑥,应怜江
上寒。

① 银河:天河。借指人间的江河。三千曲:极言流水拐弯之
　 处很多。
② 浴凫(fú)飞鹭:语出杜甫《涪城县香积寺官阁》诗:"小院
　 回廊春寂寂,浴凫飞鹭晚悠悠。"浴凫,指戏水的野鸭子。
　 飞鹭,指飞翔的白鹭。
③ "何处"二句:化用谢朓《之宣城郡出新林浦向板桥》诗"天
　 际识归舟,云中辨江树"和温庭筠《望江南》词"梳洗罢,独

倚望江楼。过尽千帆皆不是,斜晖脉脉水悠悠"而成。

④ 浪发:滥开,随意地开放。

⑤ 故下封枝雪:(老天)故意将大雪覆盖梅枝,不让梅花开放。

⑥ 深院卷帘看:化用韩偓《懒起》诗:"侧卧卷帘看。"

　　这大约也是周邦彦在溧水期间所写的托为闺怨以忆旧之词。这首精美的小令,其作法与风格源出"花间"派。陈廷焯《白雨斋词话》说:"美成《菩萨蛮》上半阕云:'何处望归舟,夕阳江上楼。'思慕之极,故哀怨之深。下半阕云:'深院卷帘看,应怜江上寒。'哀怨之深,亦忠爱之至。似词不必学温、韦,已与温、韦一鼻孔出气。"又,周济《宋四家词选》亦评曰:"'天憎'二句,造语奇险。"本篇确有如陈、周二人所说的艺术特色。上片"何处是归舟,夕阳江上楼",其意境确是从"花间"鼻祖温庭筠"梳洗罢,独倚望江楼。过尽千帆皆不是"的描写脱化而出,以表现念远之意。"银河宛转"云云,以流水之曲而长譬喻愁思之浩茫广远,以显心事之曲折绵邈。"天憎"二句,岂止"造语奇险",弥见抒情主人公心中之不平。更有余味的是结尾二句,这是从对方落笔,揣想对方对自己的一片痴情,设想她此时一定在叨念:"他虽然回不来了,但他卷帘看雪时,一定会想念在江边冒寒登楼远盼的我。"这就把思妇深挚的相思之怀表现得更感人了。

过 秦 楼

夜 景

水浴清蟾①,叶喧凉吹②,巷陌马声初断。闲依露井③,笑扑流萤,惹破画罗轻扇④。人静夜久凭阑,愁不归眠,立残更箭⑤。叹年华一瞬,人今千里,梦沉书远⑥。　　空见说、鬓怯琼梳⑦,容销金镜⑧,渐懒趁时匀染⑨。梅风地溽⑩,江雨苔滋⑪,一架舞红都变⑫。谁信无聊为伊,才减江淹⑬,情伤荀倩⑭。但明河影下⑮,还看稀星数点⑯。

① 水浴清蟾：形容月色皎洁,像被水清洗过似的。清蟾,传说
   月中有蟾蜍,因以清蟾代指月亮。

② 叶喧凉吹：凉风把树叶吹得沙沙作响。喧,声音响而杂。
   凉吹,凉风。吹,读去声。

③ 闲依露井：化用李商隐《临发崇让宅紫薇》诗：“桃绶含情
   依露井。”露井,指庭园里没有井亭覆盖的水井。

④ “笑扑”二句：化用杜牧《秋夕》诗句：“轻罗小扇扑流萤。”
   画罗,描花的丝织品。

⑤ 立残更箭：站立到天快亮、壶漏将尽的时候。更箭,古代用
   铜壶盛水滴漏以报时间,壶中立有刻度的箭以计时刻。更
   箭上的刻度剩下不多,就表明天快亮了。

⑥ 梦沉书远：往事如梦,对方音信渺无。

⑦ 鬓怯琼梳：因消瘦而鬓发稀疏,害怕用梳子梳理了。琼梳,
   玉梳,梳子的美称。

⑧ 容销金镜：镜中的容颜越来越消瘦。金镜,铜镜的美称。

⑨ 趁时匀染：按时下流行的式样梳洗打扮。匀染,在脸上施
   脂粉,亦即梳妆打扮。

⑩ 梅风：梅雨时节的风。溽：潮湿。

⑪ 江雨苔滋：由于雨水多,江边的地面上长满了苔藓。语出

杜甫《雨四首》:"楚雨石苔滋。"

⑫ "一架"句:风雨之后,满架子的红花四处飘落飞舞。舞红,随风起舞的红花,指落花。语出孙光宪《浣溪沙》词:"堕阶萦藓舞愁红。"

⑬ 才减江淹:像江淹一样才思衰退。江淹,南朝著名文学家。据《南史·江淹传》:"淹少以文章显,晚节才思微退……尝宿于冶亭,梦一丈夫自称郭璞,谓淹曰:'吾有笔在卿处多年,可以见还。'淹乃探怀中,得五色笔一,以授之,尔后为诗绝无美句,时人谓之才尽。"

⑭ 情伤荀倩:像荀奉倩那样为情而感伤。荀倩,即荀粲,字奉倩,三国魏人。娶将军曹洪之女为妻。夫妻感情甚笃。据《世说新语·惑溺》刘孝标注:荀奉倩结婚后不久,妻子不幸病亡。奉倩"不哭而神伤",叹息"佳人难再得","痛悼不能自已,岁余亦亡。亡时年二十九"。

⑮ 明河:天河,银河。唐宋之问《明河篇》:"明河可望不可亲,愿得乘槎一问津。"宋欧阳修《秋声赋》:"星月皎洁,明河在天。"

⑯ 稀星数点:用杜甫《倦夜》诗:"重露成涓滴,稀星乍有无。"

　　吴世昌先生在他的《片玉集中误字校记》一文中推断说："清真此词盖亦在溧水时忆旧之作。溧水地近扬子,故曰'江雨苔滋'也。"所断极为有理。此词在章法结构上运用倒叙、插叙、想象等手法,细致地刻画过去的欢聚与今日的相思,形成鲜明的对比,以昔日之乐反衬今日之哀,做到了前后照应,虚实相生,总的来说是以真情感人。俞陛云《唐五代两宋词选释》评论说:"上半写景,皆以闲淡之语出之。转头三句,遥想闺愁,下语深细。'梅风'三句,状梅雨光阴,又新颖动目。有此旋折,转入旅怀,局势便有开合。结句相望千里,共此明河,与少陵'依斗望京'用意相似。"不过此词也有其缺点,这就是有雕琢之嫌和堆砌人名之弊。南宋沈义父《乐府指迷》就批评说:"词中用事使人姓名,须委曲得不用出最好。清真词多要两人名对使,亦不可学他。如《宴清都》云'庾信愁多,江淹恨极',《西平乐》云'东陵晦迹,彭泽归来',《大酺》云'兰成憔悴,卫玠清羸',《过秦楼》云'才减江淹,情伤荀倩'之类是也。"所言甚是。

花　犯

梅　花

　　粉墙低①,梅花照眼②,依然旧风味③。露痕轻缀④。疑净洗铅华⑤,无限佳丽。去年胜赏曾孤倚⑥,冰盘共燕喜⑦。更可惜,雪中高树,香篝熏素被⑧。　　今年对花太匆匆,相逢似有恨,依依愁悴⑨。吟望久,青苔上、旋看飞坠⑩。相将见、翠丸荐酒⑪,人正在、空江烟浪里⑫。但梦想、一枝潇洒⑬,黄昏斜照水⑭。

① 粉墙:白色的墙。

② 梅花照眼:化用杜甫《酬郭十五判官》诗:"花枝照眼句还成。"照眼,耀眼,醒目。

③ 风味:此指风采,韵味。

④ 露痕轻缀:花瓣上带着点点露痕。缀,点点连接。

⑤ 净洗铅华:将梅花比喻为不施脂粉、天然美丽的女子。这是用王安石《梅》诗:"不御铅华知国色。"铅华,指脂粉一类

的化妆品。

⑥ 胜赏：快意的游赏。语本《陈书·孙场传》："每良辰美景，宾僚并集，泛长江而置酒，亦一时之胜赏焉。"孤倚：独自靠在梅树边。

⑦ 冰盘共（同"供"）燕喜：将梅花置于洁净的盘子里，供宴席上的客人欣赏。这是用韩愈《李花二首》其一："冰盘夏荐碧实脆。"燕喜，宴饮喜悦。

⑧ 惜：怜爱。香篝(gōu)：熏香的竹笼子。此喻梅树。素被：洁白的被子。此喻梅树上覆盖的白雪。

⑨ 依依：恋恋不舍的样子。愁悴：因忧愁而憔悴。

⑩ "吟望"二句：一边吟诗，一边凝望梅花，眼睁睁地看着它一会儿就飘落在青苔上。旋，不久，随即。

⑪ 相将：宋代口语，行将、即将之意。翠丸：指梅子。荐酒：下酒。《山家清供记》："剥梅浸雪，酿之露，一宿取去，蜜渍之，可荐酒。"

⑫ "人正在"句：承上"相将见"，意谓等到青梅荐酒的时候，我已离此而去，正行驶在烟浪空茫的江面上。

⑬ 一枝潇洒：指姿态潇洒的梅枝。

⑭ "黄昏"句：用林逋《山园小梅》诗："疏影横斜水清浅，暗香

浮动月黄昏。"

此词约作于周邦彦绍圣三年（1096）二月溧水任满、奉调进京之时。题为梅花，实则借观赏梅花以宣泄自己宦迹无常的伤感情怀。全篇题旨，在"今年对花最匆匆，相逢似有恨，依依愁悴"三句。相对于今年之"匆匆"（即将离任乘船远去，不得细赏梅花），去年之从容流连于梅花下的"旧风味"特别值得回忆，故以"去年"、"今年"分前后段标明之。"今年"之景是实写，"去年"是回忆之笔，是虚写。"但梦想"云云，是预想离去之后未来的情景。所以南宋黄升说这是"纡徐反复，道尽三年间事"（《花庵词选》）。通篇以作者观赏梅花时的心理活动和主观感受为主线，借咏物而抒发个人的身世之感。黄苏《蓼园词选》对此词意旨的把握十分准确，他说："愚谓此词为梅词第一。总是见宦迹无常，情怀落漠耳。忽借梅花以写，意超而思永。言梅犹是旧风情，而人则离合无常。去年与梅共安冷淡，今年梅正开而人欲远别。梅似含愁悴之意而飞坠，梅子将圆，而人在空江中,时梦想梅影而已。"其中说"梅犹是旧风情,而人则离合无常",可谓深得周邦彦词心者。

西 河

金陵怀古[①]

　　佳丽地[②]。南朝盛事谁记[③]。山围故国绕清江[④],髻鬟对起[⑤]。怒涛寂寞打孤城[⑥],风樯遥度天际[⑦]。　　断崖树[⑧],犹倒倚。莫愁艇子曾系[⑨]。空遗旧迹郁苍苍[⑩],雾沉半垒[⑪]。夜深月过女墙来,伤心东望淮水[⑫]。　　酒旗戏鼓甚处市[⑬]?想依稀、王谢邻里[⑭]。燕子不知何世。入寻常、巷陌人家相对,如说兴亡斜阳里[⑮]。

① 金陵:今江苏南京市。
② 佳丽地:语本南朝齐谢朓《入朝曲》:"江南佳丽地,金陵帝王州。"

③ 南朝：自公元 420 年刘裕代晋至 589 年隋灭陈的一百七十年间，我国南方共经历宋、齐、梁、陈四朝，史称"南朝"。南朝皆建都金陵。

④ 山围故国：语本唐刘禹锡《金陵五题·石头城》诗："山围故国周遭在。"

⑤ 髻鬟（jìhuán）：女子头上的环形发髻。比喻长江两岸的青山。

⑥ "怒涛"句：化用刘禹锡《石头城》诗："潮打空城寂寞回。"

⑦ 风樯（qiáng）：乘风扬帆的船只。樯，船上张帆用的桅杆。代指船。

⑧ 断崖：江岸陡峭的崖壁。

⑨ 莫愁艇子：本南朝乐府《莫愁乐》："莫愁在何许？莫愁石城西。艇子打两桨，催送莫愁来。"莫愁，南朝时民间女子。艇子，小划子，小艇。

⑩ 郁苍苍：树木呈深绿色、长得很茂盛的样子。语本曹植《赠白马王彪》诗七首之二："山树郁苍苍。"

⑪ 半垒：残存的半壁堡垒。指南朝时的石头城军垒，故址在今南京城西清凉山。

⑫ "夜深"二句：化用刘禹锡《石头城》诗："淮水东边旧时月，

夜深还过女墙来。"女墙，旧时城墙上呈凹凸形的小墙。淮水，指南京的秦淮河。

⑬ 酒旗：酒店门前悬挂的布招牌，代指酒店。戏鼓：杂技戏曲演出时敲奏的锣鼓。

⑭ 依稀：仿佛。王谢邻里：王、谢是东晋时金陵城里最显赫的两姓豪门贵族，他们聚居在乌衣巷，宅第如邻里相连。

⑮ "燕子"至"斜阳里"：化用刘禹锡《金陵五题·乌衣巷》诗："旧时王谢堂前燕，飞入寻常百姓家。"何世，什么朝代。寻常巷陌：普通百姓居住的街巷。

这首怀古词先写金陵的山川形胜，而后重点转入咏怀古迹，最后引发对历史兴亡的深沉感喟。它的主要的艺术手段，便是引前人的诗句入词，点化他人咏怀金陵的意境为我之意境。全篇共融化了三首古人的诗：一首为南朝乐府《莫愁乐》，另二首为唐人刘禹锡《金陵五题》中的《石头城》和《乌衣巷》。作者将前人的成句和意境融化得浑然天成，不露痕迹，再加上适当的穿插勾连和铺陈点染，于是构成了表现自己伤时吊古情怀的新篇章。试看开头一段借刘禹锡诗成句描绘江景,已觉景致如画,第三段却能说刘诗所未说,"燕子"、"斜阳"数语,神韵尤远,呈现出一种深沉浩茫的历史感。此词为宋词中怀古名篇,古今好评如潮,如清人陈廷焯《云韶集》说:"此词纯用唐人成句融化入律,气韵沉雄,苍凉悲壮,直是压遍古今。""金陵怀古词,古今不可胜数,要当以美成此词为绝唱。"唐圭璋先生也以为,此词"全篇疏荡而悲壮,足以方驾东坡(意指足以与苏轼《念奴娇·赤壁怀古》媲美)"(《唐宋词简释》)。

齐 天 乐

秋 思

绿芜凋尽台城路①,殊乡又逢秋晚②。暮雨生寒,鸣蛩劝织③,深阁时闻裁剪④。云窗静掩⑤。叹重拂罗裀⑥,顿疏花簟⑦。尚有练囊⑧,露萤清夜照书卷⑨。　　荆江留滞最久⑩,故人相望处,离思何限!渭水西风,长安乱叶⑪,

空忆诗情宛转。凭高眺远。正玉液新篘[12]，蟹螯初荐[13]。醉倒山翁[14]，但愁斜照敛[15]。

① 绿芜：长得多而乱的杂草。白居易《东南行一百韵》诗："孤城覆绿芜。"台城：旧城名。本三国吴后苑城，晋成帝时改建为建康宫，为东晋和南朝的宫省所在，所谓禁城，亦称台城。故址在今南京玄武湖侧。宋洪迈《容斋随笔·续笔五》："晋、宋间谓朝廷禁近为台，故称禁城为台城。"此处用以代指金陵古城（即今南京市）。

② 殊乡：异乡，他乡。

③ 鸣蛩（qióng）劝织：蟋蟀的鸣声就像紧促的织布声。蛩，蟋蟀，以其鸣声像织布机响，又名促织。唐孟郊《杂怨》诗："暗蛩有虚织。"

④ "深阁"句：化用韩偓《倚醉》诗："分明窗下闻裁剪。"这句是说，闺房中的女子正在赶制寒衣。

⑤ 云窗：饰有云状图案的窗户。

⑥ 罗裀（yīn）：丝织品做的夹层被褥。司马相如《美人赋》："裀褥重陈，角枕横施。"裀，褥子，床垫。

⑦ 花簟（diàn）：织有花纹图案的竹凉席。

⑧ 綀(shū)囊：粗丝织品做的袋子。

⑨ "露萤"句：典出《晋书·车胤传》："胤恭勤不倦，博学多通，家贫不常得油，夏日则綀囊盛数十萤火以照书，以夜继日焉。"

⑩ 荆江：长江自湖北枝江至湖南岳阳城陵矶一段别称荆江。周邦彦曾流寓荆州，故称。

⑪ "渭水"二句：化用唐贾岛《忆江上吴处士》诗："秋风吹渭水，落叶满长安。"长安，汉唐时京城，即今西安。渭水流经长安附近。

⑫ 玉液：美酒。白居易《效陶潜体诗》之三："开瓶泻樽中，玉液黄金脂。"篘(chōu)：竹制的滤酒器；此处作动词用，为"滤"的意思。这句是说，正好有刚刚滤就的美酒。

⑬ 蟹螯(áo)：螃蟹的第一对脚，亦可作螃蟹的代称。《世说新语·任诞》："毕茂世(卓)云：'一手持蟹螯，一手持酒杯，拍浮酒池中，便足了一生。'"荐：进，进献。指把蟹端上筵席来下酒。

⑭ 醉倒山翁：用晋山简故事。山简为襄阳太守，每次饮酒都醺醺大醉。襄阳儿童歌曰："山公出何许？往至高阳池。日日倒载归，酩酊无所知。"事见《晋书·山简传》。这里作

者以山简自比。

⑮ 斜照敛：指太阳落山。敛，收，指太阳隐没到地平线下。

对于此词的写作时地，古今学者众说纷纭。我们根据其开头两句点明的览景之处，及篇中回忆荆州的内容，推断它为作者中年在溧水时之作，大概没有疑义。全篇抒写暮秋时节在金陵览景宴饮所产生的身世之感。写法上是以赋笔铺陈景物人事，来寄寓主观感情。词中多用只有在赋中才如此大量使用的对偶句，并大量用典，使全篇带上极为浓重的书卷气，来凸显一个失意文人的身世之悲。此词沉郁苍凉，跌宕开合，在章法结构和抒情格调上都典型地代表了作者羁旅行役词的作风。俞陛云《唐五代两宋词选释》评论说："起二句笼罩一切。其下以淡雅出之，清愁一片，摇漾于毫端。'乱叶'三句极苍凉之思。'敛'字韵夕阳光景，动人留恋，又最易感人，词客每以之作结句。闰庵云：'此系黄钟宫正调。宜于深稳之词，他人或作激楚语者，非合作也。'"此外，本篇也显示了作者一贯的善于融化唐诗、点化他人境界为我之境界的作风,王国维《人间词话删稿》因此称赞说:"'西风吹渭水,落叶满长安',美成以之入词,白仁甫以之入曲,此借古人之境界为我之境界也。然非自有境界,古人亦不为我用。"

四、再旅汴京

　　周邦彦在溧水任职期间,在他所经常怀念的汴京城里,政局发生了巨大的变化。元祐八年(1093)九月,高太后去世,元祐党人失去了靠山。十月,哲宗赵煦亲政。次年,改元绍圣(就是继承他父皇神宗的变法事业的意思),重行熙丰新法,起用新党,贬逐旧党。周邦彦本是熙丰新政的拥护者,并因不愿迎合元祐党人而流落南方州县多年,近期的政局变化,他在并非偏僻闭塞之地的溧水不会一无所知,按理这正该是他上表自陈,"立取贵显"的时候了。可是在这几年中,他并未得到升迁。这位当年献赋颂扬新政、曾经声名赫赫的才子,似乎已被新皇帝和新党执政者们遗忘了。这个现象应能说明,周邦彦并非钻营小人,他不但不愿迎合与之政见相左的旧党,亦复不肯向新党陈情以干进。王国维称赞他:"其赋汴都也,颇颂新法,然绍圣之中,不因是以求进。"对其品行的评价是颇为中肯的。

直到绍圣末,不知是执政者中的什么人想起了周邦彦,这位已经四十多岁的献赋才子方才得以召还京城,担任国子主簿之职。十年流浪之后竟能重返汴京,这曾使他欣喜万分。从他的一些诗词中我们可以看到,他是那样急切地想回到京城:在归京途中他就望眼欲穿,兼程而进;刚刚接近京城远郊,他就喜滋滋地吟起了"日薄尘飞官路平,眼前喜见汴河倾"(《浣溪沙》)的句子,急匆匆地"下马先寻题壁字,入门闲记榜村名"(《浣溪沙》),乐得不可开交。当然,一朝重返朝堂,触目惊心之事不少,抚今追昔,感慨也甚多。写于刚刚回京那年春天的长调《瑞龙吟》,虽然其主要内容是章台怀旧、人面桃花之情,但字里行间也隐含了这位"前度刘郎"胸中的不少人世沧桑之感。

此时,年少气盛的宋哲宗亲政不久,志在"绍述",

继其父神宗之业,因而想起了十五年前那篇颂扬熙丰之政的《汴都赋》。元符元年(1098)六月十八日,哲宗御崇政殿召见周邦彦,对答之间,颇觉"契合",特令再取《汴都赋》,以本来进。邦彦感激皇恩,立即修表奉赋以进。在《重进汴都赋表》中,他万分感伤地向哲宗追述元丰年间献赋后的政局变化和自己的坎坷遭遇道:

> 先帝(神宗)哀其狂愚,赐以首领,特从官使,以劝四方。臣命薄数奇,旋遭时变,不能俯仰取容,自触罢废,漂零不偶,积年于兹。臣孤愤莫伸,大恩未报,每抱旧稿,涕泗交流,不图于今,得望天表!

这篇哀切动人的"陈情表",是宋代四六文中的一篇杰作。它有助于我们了解史传所失载的关于周邦彦的政治遭遇、思想品德等方面的一些重要情况。上引的这段自述中,"时变"显然指邦彦献赋不久神宗崩逝,高太后临朝,旧党上台,新党被逐等这一系列变故。"不能俯仰取容"则指他自己保持拥护新法的初衷,不愿迎合旧党。"自触罢废"更说明被调出太学,外放庐州决非正常调迁,而是自己的不合作态度惹恼了元祐执政集团,招致了被贬逐的命运。"漂零不偶,积年于兹"八字,则概括了自己流落吴楚十年的无穷辛酸。"孤愤"是表明自己对废新法、逐新党的旧党一直心怀怨恨,盼望时局改变,重行熙丰之政。"大恩"则专指神宗的奖掖提拔。仔细琢磨这篇陈情之作的涵义,可知周邦彦虽非新党成员,但他后半生的升沉得失,却与歌颂新法的《汴都赋》是密切联系在一起的。

此表与赋献入宫中,哲宗览后大喜称善,特擢邦彦为秘书省正字。哲宗此举虽有爱惜人才之意,但更重要的恐怕还是为了昭示其"绍述"神宗之业的既定政治方针。不管如何,周邦彦因此而时来运转了。从绍圣四年入归朝班开始,到徽宗重和元年(1118)春被调出大晟府外放州牧为止,这二十一年的时间里,周邦彦除了在徽宗政和年间权知隆德府和知明州两次短期外任之外,大部分时间都在汴京供职。他"循资格而进",历任秘书省正字、秘书省校书郎、考工员外郎、卫尉少卿、宗正少卿兼议礼局检讨,以直龙图阁知河中府(未赴任)、知隆德府、知明州,入拜秘书监,进徽猷阁待制、提举大晟府……年纪越老,官阶渐隆,直至列卿之位,再也无沉沦漂泊之苦可言了。处在顺境中的周邦彦,应该感到踌躇满志了吧?

事情并不完全是这样。

周邦彦既然立朝为官,他就不可能远离当时的政治。哲宗、徽宗二朝的日益腐烂的政局,使他感到很不舒心快意。出乎他的意料,他满怀热情地重入汴京后所看到的"新党",是一帮假借王安石新法以营私的奸佞小人。这些所谓"党人",正如周邦彦在《黄鹂绕碧树》一词中所讽刺的,是一大群只知"驱驰利禄,奔竞尘土"的逐臭苍蝇。而所谓"熙丰新法",在这帮人手里早已变了样,失去了任何积极意义,成了他们打击迫害政敌的一根棍子。熙宁、元丰年间的那种严肃的变法与反变法的政见之争,到哲宗亲政后已完全蜕变为无原则的争权夺利的大混战。浮躁颟顸的哲宗,自以为是在继承什么"先帝遗志",实则不知不觉地充当了那些打着王安石旗号的奸党的大黑伞。从此党祸大兴,朝政日非,天下扰扰,民不聊生,各级封建官僚机构更加腐烂,北宋王朝灭亡的趋势在此时开始酿成了。

元符三年(1100)正月哲宗崩逝,他的弟弟端王赵佶被扶上皇位,是为徽宗。赵佶即位之初,由于有一批正直忧国的执事大臣不断进谏,还清醒过一些短暂的日子,采取了一些开明措施,使熙宁、元祐两党的矛盾有了一定程度的缓和。比如下诏追复已故元祐党人司马光、吕公著、文彦博、王珪等三十三人的官爵,苏轼等人也蒙敕内迁;同时,假托"绍述"的奸人章惇、蔡卞等也相继被罢官。元符三年末,赵佶以元祐、绍圣两个时期朝政均有所失,想以所谓"大公至正"消释朋党,调和统治集团内部两大派的矛盾,遂下诏次年改元"建中靖国"。因此短时间内朝政居然有了一点新气象,甚至还有人将这个开端比之为仁宗庆历之治。但不久昏君赵佶自改初衷,重新擢用那些早已变质的所谓"新党",以乱建中初政。他先用投机分子曾布为相,改元"崇宁",表示要重行熙宁新法,接着让巨奸蔡京独揽朝政。蔡京一上台,政局就急转直下地朝更坏的方向发展了。

蔡京是一个反复无常的风派人物。元祐中他背叛新党而投靠司马光,骗取了旧党的信任。绍圣年间,新党得势,他又摇身一变,回过头来依附章惇,当上户部尚书,羽翼渐丰。后来曾布主政,将他逐出朝堂。他在外闲居时又巴结大宦官童贯,通过童贯贿赂皇帝的宫姬近侍,博得了徽宗赵佶的好感,逐步起复。后曾布因与韩忠彦交恶,乃引蔡京入朝助己。于是蔡京趁此重整旗鼓,很快取代曾布,夺得相位。就这样,他成了北宋末年左右政局达二十余年的头号权威人物。徽宗在位期间,他四度入相,朝内朝外官员中,从执政侍从到帅臣监司,无非其门人亲戚。当时一些正直的士大夫屡屡上疏要求罢免他,可赵佶执迷不悟,对蔡京恩宠不衰。蔡京集团干尽祸国殃民的勾当,直接导致了北宋朝廷的崩溃。

周邦彦的中晚年在这样一个极端腐败黑暗的朝堂中度过,他的心情是复杂而矛盾的。尽管他朋党色彩不浓,但由于其得以归朝的原因是曾经歌颂过新法,归朝后必须与之打交道的又全是新党人物,所以他与蔡京集团的人事交往是不必讳言的。但我们不能据此就断定他晚年"名节有污"。因为从现有材料来看,他虽与蔡党人物有交往,但未曾刻意去巴结,基本上保持了自己的独立人格。正如楼钥《清真先生文集序》所说:"虽归班于朝,坐视捷径,不一趋焉。"不但如此,有时他对徽宗皇帝和蔡京集团的胡作非为还是有所不满和给予抨击的。前文提到的《黄鹂绕碧树》一词,就是谴责朝廷的荒淫享乐和党人的无耻竞进的。另外他有一首作于元祐之后的长篇七古诗《开元夜宴图》(并序),更是直接借唐玄宗天宝之祸对最高统治者敲响了警钟。诗人在序中大声疾呼:"古人以燕安为鸩毒,岂徒然哉!"流露了借古讽今的明显意图。

周邦彦身处北宋末年复杂的社会政治环境中,既对朝政和当权者不满,又无力改变现实,遂专心致力于文学创作和对音乐曲调的整理、审定及规范等事。他在重入汴京任职的二十来年期间,便主要以词人和音乐专家的身份活跃于当时的主流文化圈之中。他之所以被喜好音乐文学的宋徽宗看上,并短期担任皇家最高音乐机关大晟府提举(据诸葛忆兵《徽宗词坛研究》考证,为时约半年左右),原因即在于此。他在这段时间所创作的词,虽仍以艳情绮思为主,但时时打进了身世之感和对现实社会的某些观感,生动地记录了他生活的不同侧面和心灵波动的曲线轨迹。

周邦彦再旅汴京的后期,有两次短暂的外任,一为权知隆德军府(今山西长治市),一为知明州(今浙江宁波市)。明州之任时间甚短,大约只有一年。徽宗政和六年(1116),他即奉调入朝,官拜秘书监,开始了自己人生长途上的第三次汴京之旅。这次在汴京的时间不长,仅有两年,这期间他的新作品也很少,但这短短两年在周邦彦的人生旅程和文学创作上却具有重要的转折意义。他任秘书监不久,即晋职徽猷阁待制,被差遣提举大晟府。当时徽宗与权相蔡京正在拼命地制礼作乐,粉饰太平,许多汲汲求仕的文人投朝廷之所好,"以言大乐颂符瑞进者甚多"。徽宗让邦彦提举大晟府的目的,是要让他这个久负盛名的音乐家兼文学家来领导这场颂圣贡谀、歌舞升平的大合唱。不料周邦彦虽久历官场,而年轻时就有的那种"不能俯仰取容"的不合时宜

的作风却并没有改变。他到大晟府上任之后，竟不愿承
旨颂祥瑞，因而得罪了皇帝和宰相。王国维《清真先生
遗事·尚论三》论述邦彦这一段经历时说："当大观、崇
宁制作之际，先生绝不言乐，至政和末蔡攸提举大晟府，
力主田为而排任宗尧(事见《宋史·乐志》及《方伎·魏
汉津传》)。先生提举适当其后，不闻有所建议，集中又
无一颂圣贡谀之作。"其实我们应当承认，周邦彦在任
议礼局检讨和大晟府提举期间，职分所在，还是可能做
了一些为皇帝服务的日常工作的，不能说他"绝不言
乐"。但处在供奉文人的地位，邦彦在自己的词作中
(至少在我们现在所看到的清真词集中)，却的确"无一
颂圣贡谀之作"，并的确以迂回的方式抵制了要他颂祥
瑞的"圣意"，能做到这一点还是需要一定的正义感和
勇气的。事情的起因是：周邦彦在外任知隆德军府时
创制了著名的《六丑》词，此词轰动京城词坛，后来连宋
徽宗也知道了，就叫蔡京告诉邦彦，令其作颂祥瑞之词
以播之乐府，邦彦竟然婉言拒绝了。南宋末周密《浩然
斋雅谈》中的一段记载，即大致正确地记载了此事的经

过,其略云:

> 上(徽宗)顾教坊使袁綯……问《六丑》之义,莫能对,急召邦彦问之,对曰:"此犯六调,皆声之美者,然绝难歌。昔高阳氏有子六人,皆才而丑,故以比之。"上喜……以近者祥瑞沓至,将使播之乐府,命蔡元长(按即蔡京)微叩之,邦彦云:"某老矣,颇悔少作。"……由是得罪。

王国维认为,周密记载周邦彦佚事虽时有具体细节上的失实乖谬之处,然而这一段关于邦彦以"颇悔少作"为托词拒绝颂祥瑞的记载,"当得其实,不得以他事失实而并疑之也"。笔者认为王氏这个意见是中肯的。结合本书前面提到的邦彦对蔡京集团的奔竞名利和徽宗的荒淫奢侈有所不满,曾作诗词加以讽刺的情况来看,他此时拒绝颂祥瑞、不甘心当无聊的帮闲文人,是完全在情理中的。他之所以任职大晟府才半年即被罢斥,主要原因即在于此。

周邦彦第三次旅居汴京的短短两年,作词较少,这主要是因为：一、时间短,且任职大晟府主要是去做大量的"讨论古音,审定古调"(张炎《词源》)的工作,少有时间搞自己的创作;二、更主要的,是不大愿意去赶风头写作"颂圣贡谀之作"。但是他这一时期所留下的为数不多的几首词,却大多是艺术精品。

绕　佛　阁

旅　情

　　暗尘四敛①,楼观迥出②,高映孤馆③。清漏将短④。厌闻夜久,签声动书幔⑤。桂华又满⑥。闲步露草,偏爱幽远。花气清婉。望中迤逦⑦,城阴度河岸⑧。　　倦客最萧索⑨,醉倚斜桥穿柳线。还似汴堤⑩,虹梁横水面⑪。看浪飐春灯⑫,舟下如箭。此行重见,叹故友难逢,羁思空乱⑬。两眉愁、向谁舒展?

① 暗尘:晚上地面的灰尘。唐苏味道《正月十五夜》诗:"暗尘随马去,明月逐人来。"敛:收。

② 楼观:高大建筑物的泛称。这里指城门上的望楼。迥出:在远处耸立。

③ 高映孤馆:这里指城上的高楼与城外的孤馆(旅馆)遥相映对。

④ 清漏:指计时的漏壶。将短:漏壶里的水渐渐少去。指夜很深了。

⑤ 签声:漏签移动的声音。签,指漏箭,漏壶中刻度计时的竹签。书幔:书房里的帷帐。

⑥ 桂华:指月亮。传说月中有桂树,故以"桂华"代指月。华,同"花"。

⑦ 迤逦:曲折绵延。

⑧ "城阴"句:指城墙的影子落到了河对岸。

⑨ 萧索:寂寞冷落。

⑩ 汴堤:指汴京城的汴河堤岸。

⑪ 虹梁:指汴京形如飞虹的无柱桥梁。据孟元老《东京梦华录》"河道"条载:"自东水门外七里至西水门外,河上有桥十三:从东水门外七里,曰虹桥,其桥无柱,皆以巨木虚架,

饰以丹腰,宛如飞虹……"

⑫ 浪飐(zhǎn)春灯:风吹起的水波摇荡着倒映水中的灯火。飐,风吹物动。

⑬ 羁思:旅客漂泊在外的愁思。

    这首词是作者离开溧水后即将到达汴京的途中所作。应召归朝,本是一件值得高兴的事情,但作者生性多愁善感,旅途的寂寞冷落引发了他郁积已久的满腔愁思,并预想到回京后必然会产生不少物是人非的烦恼,于是有了本篇的创作。词大约作于到达汴京远郊的晚上。上片实写孤馆独宿的凄凉。室内寂寞,厌闻报时之漏声;夜读无绪,闲步月下之草地。遥望城郭,于是引起下片对十年前京华初旅生活的回忆。下片是虚写,由眼前的河水想起京城外的虹桥,继而联想起京城的故友恐已不易重逢,不觉悲从中来,心更乱了。本篇即景抒情,虚实结合,情真景真,意境幽远。俞陛云《唐五代两宋词选释》评论说:"'桂华'五句及下阕'浪飐'二句,写景真切,语复俊逸,唯清真擅此,柳屯田差堪伯仲。后幅旧境重逢,而故人不见,停云落月,今古同慨也。"

浣 溪 沙

日薄尘飞官路平^①,眼前喜见汴河倾^②。
地遥人倦莫兼程^③。 下马先寻题壁字^④,
出门闲记榜村名^⑤。早收灯火梦倾城^⑥。

① 日薄:日色黯淡下去,指黄昏时候。官路:官修的大路。
　北周王褒《九日从驾诗》:"黄山猎地广,青门官路长。"又唐
　司空图《移桃栽》诗:"独临官路易伤摧,从遣春风恣意开。"

② 汴河:即汴水。随开通济渠,其东段自洛阳至淮水,流经汴
　京,古时称为汴水或汴河。

③ 兼程:加倍赶路。唐钱起《送原公南游》诗:"有意兼程去,
　飘然二翼轻。"

④ 题壁:古代文人常在村店、驿站或凉亭的墙壁上题写诗词
　或其他文字以为留念。孟浩然《秋登张明府海亭》诗:"染
　翰聊题壁,倾壶一解颜。"

⑤ 榜村名：村口墙壁上张贴告示处所标示的村庄名。

⑥ 倾城：美女。典出《汉书·孝武李夫人传》："北方有佳人，
绝世而独立。一顾倾人城，再顾倾人国。"此处指作者初旅
汴京时结识的美貌歌妓。

　　此词也是周邦彦应召归朝、快到达汴京时所作。它
充分地表达了作者重返京城时的喜悦心情。其内容的
真实性和艺术表现上的优点，恰如俞陛云《唐五代两宋
词选释》所评："长途倦客，薄晚停车，土壁认欹斜之字，
茅檐访村落之名，皆陆行旅客确有之情景。写景以真切
为贵，此等词是也。结句匆匆旅宿犹忆倾城，周郎其在
邯郸道中向卢生借枕耶？"

瑞　龙　吟

春　词

　　章台路①。还见褪粉梅梢②，试花桃树③。
愔愔坊陌人家④，定巢燕子⑤，归来旧处。

黯凝伫⑥。因念个人痴小⑦,乍窥门户⑧。侵晨
浅约宫黄⑨,障风映袖⑩,盈盈笑语⑪。 前
度刘郎重到⑫,访邻寻里,同时歌舞,唯有旧家
秋娘⑬,身价如故⑭。吟笺赋笔⑮,犹记燕台
句⑯。知谁伴、名园露饮⑰,东城闲步⑱。事与
孤鸿去⑲。探春尽是,伤离意绪,官柳低金
缕⑳。归骑晚、纤纤池塘飞雨㉑。断肠院落,一
帘风絮㉒。

① 章台路:汉代京城长安章台前的街名。后多用为妓女聚居
之处的代称。欧阳修《蝶恋花》词:"玉勒雕鞍游冶处,楼高
不见章台路。"

② 褪粉:指花瓣凋落。

③ 试花:花朵初开。

④ 愔(yīn)愔:深静的样子。坊陌:当作"坊曲",指妓女居住
的地方。据《北里志》记载,唐代妓女居处称"曲",选入教
坊的,居处称"坊"。沈际飞《草堂诗余正集》说:"美成别
词'小曲幽坊月暗','陌'字非。"

⑤ 定巢燕子：筑窝定居的燕子。

⑥ 黯(àn)凝伫(zhù)：暗自伤感而久久地站着出神。黯，伤感的样子。凝伫，久久地站着发呆。柳永《鹊桥仙》词："但黯凝伫，暮烟寒雨，望秦楼何处。"

⑦ 个人：那人。痴小：年少而痴情。白居易《井底引银瓶》诗："寄言痴小人家女，慎勿将身轻许人。"

⑧ 乍窥门户：正好出门探看。乍，刚，初。这里语意双关。宋代称妓院为"门户人家"，此即指那位妓女刚开始倚门卖笑。

⑨ 侵晨：清晨，侵早。浅约宫黄：淡淡地抹上了黄色的脂粉。古代宫人用黄粉涂额，称为"约黄"；后来民间加以仿效，因出自宫廷，故称"宫黄"。

⑩ 障风映袖：举起衣袖挡风遮面。障，遮隔。

⑪ 盈盈：仪态美好的样子。《古诗十九首》："盈盈楼上女，皎皎当窗牖。"

⑫ 前度刘郎：以唐代诗人刘禹锡自比。刘禹锡因参加"永贞革新"，被贬为朗州司马，十年后回京，因作"玄都观里桃千树，尽是刘郎去后栽"的诗句讽刺朝中新贵，再次遭贬。又过十四年后，他再次回京，又作《再游玄都观》诗，其中有

"种桃道士归何处？前度刘郎今又来"之句。这里周邦彦借刘禹锡诗自寓重回京城的感慨。

⑬ 秋娘：唐代金陵有名妓叫杜秋娘，诗人杜牧还为之作《杜秋娘诗》。后来诗词中就常用作妓女的代称。作者这里用"秋娘"代指自己初旅汴京时熟悉的妓女。

⑭ 身价如故：名声还和从前一样。

⑮ 吟笺赋笔：指吟诗作赋。

⑯ 燕台句：唐代诗人李商隐曾作《燕台》诗四首，洛阳女子柳枝读后对李商隐产生了爱慕之情，后柳枝因故别嫁。事见李商隐《柳枝诗五首》(并序)。这里周邦彦自比李商隐，将那位妓女比柳枝，以寄托怀旧之情。

⑰ 露饮：宋代习俗，文人饮酒时把帽子或头巾去掉，无拘无束地喝酒，称为"露饮"。沈括《梦溪笔谈》卷九载：石曼卿"每与客痛饮，露发跣足"。

⑱ 东城闲步：用杜牧《张好好》诗的典故。该诗序云："牧于大和三年佐故吏部沈公江西幕，(张)好好年十三，始以善歌来乐籍中。后一岁，公移镇宣城，复置好好于宣城籍中。后……于洛阳东城重睹好好，感旧伤怀，故题诗赠之。"这里自比杜牧，将那位妓女比张好好，借以表达怀旧之情。

⑲ 事与孤鸿去：化用杜牧《题安州浮云寺楼寄湖州张郎中》诗："恨如春草多，事与孤鸿去。"喻往事已消逝得无影无踪。

⑳ 伤离意绪：离别伤感的忧愁情绪。官柳：官府在大道旁种植的柳树。《晋书·陶侃传》："侃尝课诸营种柳，都尉夏施盗官柳植于己门，侃后见，驻车问曰：'此是武昌西门前柳，何因盗来?'施惶怖谢罪。"杜甫《西郊》诗："市桥官柳细，江路野梅香。"金缕：喻指金黄色的柳条。

㉑ 纤纤：细微的样子。

㉒ 风絮：随风飘荡的柳花。

　　周邦彦重返汴京之后，眼见世事沧桑，物是人非，觉得自己的遭遇类似于唐人刘禹锡流放十年之后重到长安，于是以"前度刘郎"自居，托为寻访一位当年熟悉的歌妓，写下了这首怀旧伤今的抒情长调。全词分为三叠（一叠即为一片或一段），其中第一、二两叠字数、句式和平仄完全相同，称为"双拽头"。篇幅虽长，线索和层次却极为清楚，其主旨在"伤离意绪"一语，全部描写都

围绕这个中心展开。第一叠以对汴京坊曲人家的环境
描写为主，写旧地重游的所见所感，为下文忆念前欢布
下浓烈的抒情氛围。第二叠进入回忆，以描写那位娇小
的旧相好为主，人物形象鲜明可爱，呼之欲出。第三叠
为全篇的重心，抒写今昔之感，笔笔往复地渲染访旧不
遇的伤感怅惘情绪。通篇宛转写来，情景交融，层层脱
换，又能一气贯注，显得词情顿挫而缠绵，境界悠远而沉
郁，是反映清真风格与清真章法的一篇典范之作。这是
清真词中的压卷之作，历来评论颇多，其中清人周济
《宋四家词选》的点评较为简明扼要："不过桃花人面，
旧曲翻新耳。看其由无情入，结归无情，层层脱换，笔笔
往复处。"不过不论是周济还是其他词论家，都尚未阐
明此词最明显的艺术特点——叙事性。而这一点是吴
世昌先生首先挑明并加以详细论证的。吴先生的《片
玉词三十六首笺注》在本篇笺注之后特加按语云："近
代短篇小说作法，大抵先叙目前情事，次追述过去，求与
现在上下衔接，然后承接当下情事，继叙尔后发展。欧
美大家作品殆无不守此文例。清真生当九百年前，已能

运用自如。第一段叙目前景况,次段追忆过去,三段再回至本题,杂叙情景故事,用能整篇浑成,毫无堆砌痕迹。又后人填词,往往但写情景,而无故事结构贯穿其间,不失之堆砌,即流为空洞,《花间》小令多具故事,后世擅长调者,柳、周皆有故事,故语语真切实在。"

少 年 游

朝云漠漠散轻丝①,楼阁淡春姿②。柳泣花啼③,九街泥重④,门外燕飞迟。　　而今丽日明金屋⑤,春色在桃枝⑥。不似当时,小楼冲雨⑦,幽恨两人知。

① 漠漠:清淡而迷茫。轻丝:比喻轻柔如细丝的小雨。秦观《浣溪沙》词:"漠漠轻寒上小楼,晓阴无赖似穷秋。"
② 春姿:指春色,春光。
③ 柳泣花啼:柳枝和花儿都在哭泣。喻花与柳都沾满了雨水。

④ 九街：京城街道的通称。唐薛能《送浙东王大夫》诗："宾客招闲地，戎装拥上京。九街鸣玉勒，一宅照红旌。"

⑤ 金屋：华丽的屋子。

⑥ "春色"句：化用林逋《梅花三首》中"只知春色在桃溪"句，形容桃花烂漫开放，显出一派春光。

⑦ 冲雨：冒雨，顶着雨。

这首忆旧的小词，所反映的内容十分普通，写法上却有些独特。吴世昌先生《论词的读法》第四章《论读词须有想象》说：它是在"以一首小令写故事"，而且是一篇"结构极好，暗合现代短篇小说作法的故事"。在这里我们就概略地转述吴先生对它的分析：此词运用现代短篇小说才有的打破时空观念的倒叙和插叙手法，穿插腾挪地向人们诉说自己昔日在汴京的一段爱情经历。其上片五句，似是叙眼前之事，实则纯然是追忆过去，并且还没有忆完，故事的要点，还要留到下片的末三句才说出来。记眼前之事，只是过片的两句十二个字，而且还要借它作为今昔对比之用，手段十分经济。透过字里行间，可以还原出这样一个故事：这对情人相爱之初，适逢一个云低雨密的日子。他们藏身于一个逼仄的小阁楼上，展眼望去，楼前花柳都浸在春雨之中，好似美人含泪哭泣一般。燕子也因湿了羽毛而飞得很吃力，好像回不了巢。在这种可怜的情况下，还不能保住他们的幽会，有什么事情逼着他们分离，只好冒着春雨，踏着九街泥泞，在小桥上依依执手，怀恨而别。如今呢，他们已自由自在地生活在一起，而且正逢桃花明艳、风和日丽的阳春，应该满足和快乐了吧？可又觉得有些不大满足。回想起来才感觉到，现在这种平淡无奇的安乐状况，反而不如从前偷偷恋爱时那种紧张、凄苦、渴望、热恋不舍的情调来得意味深长。作者所写的这种情况，是许多有过恋爱经历的人都能心领神会的。

应 天 长

寒 食①

条风布暖②，霏雾弄晴③，池塘遍满春色。

正是夜台无月④，沉沉暗寒食。梁间燕，前社客⑤。似笑我、闭门愁寂。乱花过，隔院芸香⑥，满地狼藉⑦。　　长记那回时，邂逅相逢⑧，郊外驻油壁⑨。又见汉宫传烛，飞烟五侯宅⑩。青青草，迷路陌。强载酒、细寻前迹⑪。市桥远，柳下人家⑫，犹自相识。

① 寒食：节日名，在清明前一二日。旧俗这一天禁火，只吃冷食。

② 条风：立春后始吹之风。《淮南子·天文训》："距日冬至四十五日，条风至。"《太平御览》卷九引《易纬》："立春条风至。"

③ 霏（fēi）雾：雾气。弄晴：是说天空中的雾气时聚时散，好像在故意逗弄晴色。

④ 夜台：坟墓，阴间。李白《哭宣城善酿纪叟》诗："夜台无晓日，沽酒与何人？"

⑤ 前社客：指旧时的燕子。连同上句是说，梁间燕子是去年春社时飞来住过的，今年又来了。

⑥ 芸香：芸草的香气。明王象晋《群芳谱》："此草香闻数百
　步外，栽亭园间，自春至秋，清香不歇。"

⑦ 狼藉：杂乱堆积的样子。

⑧ 邂逅(xièhòu)：不期而遇。

⑨ 油壁：油壁车，古代一种用香料涂饰车壁的车子，供女子乘
　坐。南朝乐府《苏小小歌》："妾乘油壁车，郎乘青骢马。"

⑩ "又见"二句：化用唐韩翃《寒食》诗："春城无处不飞花，寒
　食东风御柳斜。日暮汉宫传蜡烛，轻烟散入五侯家。"此处
　"汉宫"代指宋皇宫，"五侯"泛指达官贵人。

⑪ 强：指强打精神。载酒：带上酒菜。

⑫ 柳下人家：指那位旧相好的住处。"人家"为"门户人家"
　之省语。宋时称妓院为"门户人家"。

　　这首词的主旨是悼念一位死去的情人，大约是作者
中年重返汴京，闻知旧日一位相好的歌妓已不在人世时
所作。上片写寒食节触景生情，"闭门愁寂"的"我"，看
到旧时的梁间燕，联想起已经埋骨于"夜台"的情人。
下片抚今追昔，以昔衬今，抒写内心无穷的哀感。先回
忆当年郊游邂逅的欢欣，次叙写载酒追寻前迹的怅惘，

结尾写物是人非的悲伤——市桥边柳下那个"门户人家"门面依旧,而自己所深爱的人却早已香消玉殒了!本篇这种以写景发端,缘景入情,抒情中夹带浓重的叙事成分,用叙事来深化抒情的方法,是周邦彦作词的常用技巧。全词章法顿挫,感情沉郁,而艺术境界却以空澹悠远见长,是代表周氏典雅浑成风格的一篇名作。清先著《词洁》评此词风格为"空淡深远",甚是。

点 绛 唇

伤 感

辽鹤归来[①],故乡多少伤心事。寸书不寄[②],鱼浪空千里[③]。　　凭仗桃根[④],说与凄凉意。愁无际,旧时衣袂[⑤],犹有东门泪[⑥]。

---

① "辽鹤"句:用丁令威的典故,表达物是人非的沧桑之感。据《搜神后记》卷一载:"丁令威本辽东人,学道于灵虚山。后化鹤归辽,集城门华表柱。时有少年举弓欲射之,鹤乃

飞,徘徊空中而言曰:'有鸟有鸟丁令威,去家千年今始归。
城郭如故人民非,何不学仙冢累累。'遂高上冲天。"

② 寸书:极言书信简短。

③ "鱼浪"句:意谓书信全无。古乐府诗中有以鲤鱼藏书信寄
人的描写,后遂以鲤鱼代指书信。

④ 桃根:本是东晋时王献之的小妾桃叶的妹妹,献之有《桃叶
歌》云:"桃叶复桃叶,桃叶连桃根。相怜两乐事,独使我殷
勤。"这里用以代指作者的情人岳楚云的妹妹。

⑤ 衣袂(mèi):衣袖。

⑥ 东门泪:在当初相别之处洒下的眼泪。东门在古代为别离
饮宴的场所。《汉书·疏广传》:"上疏乞骸骨……公卿大
夫故人邑子设祖道供帐东都门外,送者车数百辆,辞决而
去。"汉乐府《东门行》:"出东门,不顾归";唐刘长卿《送马
秀才落第归江南》诗:"南客怀归乡梦频,东门怅别柳条
新";周邦彦《浪淘沙慢》词亦云:"南陌脂车待发,东门帐饮
乍阕。"

关于这首词,南宋初年的王灼在其《碧鸡漫志》中
记载了这样一则本事:"周美成初在姑苏,与营妓岳七

楚云游甚久,后归自京师,首访之,则已从人矣。明日饮于太守蔡峦子高坐中,见其妹,作《点绛唇》曲寄之云。"王灼与邦彦时代相接,所记当有依据。但邦彦曾不止一次从汴京南下回乡,此词究竟作于其中哪一次,论者颇有分歧。笔者认为,邦彦过苏州而为当地太守所宴请,此时他的官位必然比较高,若是外放庐州那一次,则区区州学教授恐怕难以受到苏州太守的青睐。因而此词多半是重回汴京后再度南归时所作。此词叙述了一个哀婉感人的爱情故事,一上来就运用神话传说,自比为化鹤归乡的丁令威,这就给所欲展现的爱情悲剧加进了人事沧桑的深沉感慨,不胜今昔之悲。通篇以淡笔写深情,以白描和直抒剖露内心衷曲,摒弃了一般词家写恋情时惯用的那套"香奁泛语",因而朴拙凝重,收到了动人心弦的艺术效果。俞陛云《唐五代两宋词选释》评析说:"起笔即包举感旧怀乡之意。既乡书不达,姑且诉向桃根;而回顾襟边,泪痕犹在,次句之伤心事,可于泪痕证之。唐、五代词承乐府之遗,以小令为多,北宋渐有长调,至清真而开合矫变,极长调之能事。而集中小令,亦秀雅而含风韵。小晏、屯田，无以过之。此词之'衣袂'两句，即其一也。"

西园竹

浮云护月①，未放满朱扉②。鼠摇暗壁③，萤度破窗，偷入书帏④。秋意浓，闲伫立、庭柯影里⑤，好风襟袖先知⑥。　夜何其⑦。江南路绕重山，心知漫与前期⑧。奈向灯前堕泪⑨，肠断萧娘，旧日书辞犹在纸⑩。雁信绝⑪，清宵梦又稀。

① 浮云护月：指月亮被薄云遮盖。杜甫《季秋苏五弟缨江楼夜宴》诗："明月生长好，浮云薄渐遮。"

② 朱扉(fēi)：红漆的门。

③ 鼠摇暗壁：老鼠在壁角暗处恣意活动。这是化用王安石《登宝公塔》诗"鼠摇岑寂声随起"和崔涂《秋夕与王处士话别》诗"虫声移暗壁，月色动寒条"。

④ "萤度"二句：化用唐僧齐己《萤》诗："透窗穿竹住还
　移……夜深飞过读书帏。"

⑤ 庭柯：庭院里的树木。陶渊明《归去来兮辞》："眄庭柯以
　怡颜。"

⑥ "好风"句：化用杜牧《秋思》诗："微雨池塘见，好风襟
　袖知。"

⑦ 夜何其：夜深已是什么时候？语本《诗经·小雅·庭燎》：
　"夜如何其？夜未央。"

⑧ 漫：枉然，徒然。指心中已不存希望。前期：早先的期约。

⑨ 奈：无奈。

⑩ "肠断"二句：化用唐杨巨源《崔娘》诗："风流才子多春思，
　肠断萧娘一纸书。"萧娘，这里代指作者所爱的美人。

⑪ 雁信绝：书信断绝。古有鸿雁传书的传说。

　　这首词写作时间和地点难以确定，从篇中"江南路
绕重山"等句来推断，当时周邦彦某次从汴京南返途中
所作。这也是一首抒写羁旅哀愁的词。上片写景与叙
事相结合，描绘渲染出孤馆独宿的冷寂凄凉环境。鼠动
暗壁，萤穿破窗等等，都是很有典型环境特征的物事。

下片抒情,以时间为线索,从天晚浮云遮月,到夜久问
"夜何其",再到快天明时表白自己"清宵梦又稀",见出
彻夜失眠的痛苦。而痛苦的原因是久与"萧娘"音信断
绝,"心知漫与前期"——此去恐怕是不能如约相见了。
此词在艺术表现上的优点,诚如陈洵《海绡说词》所说:
"'鼠灯'、'萤度',于静夜怀人中见,有《东山》诗人之
意。'犹在纸',一语惊人,是明明有'前期'矣,读结语,
则仍是'漫与',此等处,皆千回百折出之,尤佳在
朴拙。"

点 绛 唇

　　征骑初停①,酒行莫放离歌举②。柳汀莲
浦③,看尽江南路。　　苦恨斜阳,冉冉催人
去④。空回顾,淡烟横素⑤,不见扬鞭处⑥。

① "征骑"句:暂时解鞍下马。
② 酒行:酒席宴饮。岑参《西亭子送李司马》诗:"酒行未醉

闻暮鸦,点笔操纸为君题。"莫放:不要让。举:起。这里指演唱。

③ 柳汀(tīng)莲浦:泛指江南地区的河岸塘浦。因其地江河岸边多植柳,塘浦多种荷。

④ 冉冉:慢慢地,渐渐地。

⑤ 淡烟横素:淡淡的烟雾就像白绢横布于空中。语本李白《早过漆林寄万巨》诗:"林烟横积素。"素,白色的绢。

⑥ 扬鞭:策马起行。李贺《代崔家送客》诗:"恐送行处尽,何忍重扬鞭!"

这首小令大约是周邦彦在徽宗大观二年(1108)回江南探亲后北归京城时所作。题旨是抒发离情。上片写旅途饯别的情景及沿途所见江南景色。下片写主客双方的依依惜别之情。本篇情景交融,结尾尤意味深永,"斜阳淡烟"的迷茫境界,的确能动人心弦。陈廷焯《云韶集》甚至说它:"情景兼胜,笔力高绝,较柳耆卿'今宵酒醒何处',更高一着。"虽属溢美之词,但也算看到了此词的优点。

玉 楼 春

惆 怅

玉琴虚下伤心泪①,只有文君知曲意②。帘烘楼迥月宜人③,酒暖香融春有味。　　萋萋芳草迷千里,惆怅王孙行未已④。天涯回首一销魂⑤,二十四桥歌舞地⑥。

① 玉琴:琴的美称。南朝齐王融《咏幔诗》:"每聚金炉气,时驻玉琴声。"

② "只有"句:用《史记·司马相如列传》司马相如弹琴向卓文君求爱的典故。详见前选《宴清都》、《扫花游》注。文君,代指作者所爱的女子。

③ 帘烘:帘内(即室内)熏烤得十分温暖。迥:高远。

④ "萋萋"二句:化用《楚辞·招隐士》:"王孙游兮不归,春草生兮萋萋。"

⑤ "天涯"句:用江淹《别赋》:"黯然销魂者,唯别而已矣。"销魂,伤心沮丧的样子。

⑥ "二十四桥"句:化用杜牧《寄扬州韩绰判官》诗:"二十四
　　桥明月夜,玉人何处教吹箫。"二十四桥,在扬州,此处用以
　　泛指南方歌舞游乐之地。

　　此词大约也是周邦彦南下探亲后重返汴京时所作。
上片回忆此次与一位知音识曲的丽人的亲密交往,下篇
抒发依依不舍的离别之情。题旨由下片的"天涯回首
一销魂"句点出,但之所以值得"销魂"的人事都已在上
片曲曲叙写出来了,故上片乃是一篇之重心。所以俞陛
云《唐五代两宋词选释》评曰:"前半阕足当深、稳
二字。"

六　　丑

蔷薇谢后作

　　正单衣试酒①,恨客里、光阴虚掷②。愿春
暂留,春归如过翼③,一去无迹。为问花何在,
夜来风雨,葬楚宫倾国④。钗钿堕处遗香泽⑤,

乱点桃蹊⑥,轻翻柳陌⑦。多情为谁追惜⑧！但蜂媒蝶使⑨,时叩窗槅⑩。

东园岑寂⑪。渐蒙笼暗碧⑫。静绕珍丛底⑬,成叹息。长条故惹行客⑭,似牵衣待话,别情无极⑮。残英小、强簪巾帻⑯。终不似、一朵钗头颤袅⑰,向人欹侧⑱。漂流处、莫趁潮汐⑲。恐断红、尚有相思字⑳,何由见得?

① 单衣:谓春暖后换上了单薄的衣裳。试酒:宋代习俗,夏历四月初,酒库开煮尝酒,叫作试酒。

② 虚掷:枉自抛掷,虚度,白白浪费。

③ 过翼:飞过的鸟。语本杜甫《夜二首》:"城郭悲笳暮,村墟过翼稀。"这里用"过翼"比喻春光飞快地消逝。

④ 楚宫倾国:楚王宫里的美女。倾国,语出汉乐府《李延年歌》,指美女,见前选《浣溪沙》(日薄尘飞官路平)注。这里以"楚宫倾国"比喻蔷薇花。

⑤ 钗钿(diàn):女子头上的饰物。比喻散落的花瓣。此用杨贵妃事。《新唐书·杨贵妃传》:"遗钿堕舄,琴瑟玑琲,狼

藉于道,香闻数十里。"又徐寅《蔷薇》诗:"晚风飘处似
遗钿。"

⑥ 桃蹊(xī):桃树下的路径。

⑦ 柳陌:柳树下的小路。桃蹊柳陌,语本刘禹锡《踏歌词》:
"桃蹊柳陌好经过,灯下妆成月下歌。"

⑧ 追惜:追念和爱惜。

⑨ 蜂媒蝶使:指蜜蜂和蝴蝶。蜂和蝶因采花而不断地传播花
粉,所以称为"媒"和"使"。

⑩ 窗槅(gé):窗户上的木格子。

⑪ 岑寂:冷清寂静。语本南朝宋鲍照《舞鹤赋》:"去帝乡之
岑寂,归人寰之喧卑。"

⑫ 蒙笼:遮蔽覆盖。语本《世说新语·言语》:"顾长康从会
稽还,人问山川之美,顾云:'千岩竞秀,万壑争流,草木蒙
笼其上,若云兴霞蔚。'"暗碧:指草木绿色的浓荫。

⑬ 珍丛:指蔷薇花丛。

⑭ 惹:拉扯,勾攀。

⑮ 别情无极:无限的离情别意。

⑯ 残英:落花。簪:插戴。巾帻(zé):头巾。

⑰ 颤袅(niǎo):摇曳摆动。

⑱ 欹（qī）侧：倾斜。

⑲ 潮汐（xī）：潮水。汐，夜间的潮水。

⑳ 断红：用唐宣宗时宫女红叶题诗的典故。见前选《扫花游》
注。这里借指有人可能会把相思字句题写在蔷薇花瓣上。

　　这首词大约是周邦彦知隆德府之后、提举大晟府前
所作。《六丑》是精通音乐的周邦彦创制的曲调。据说
宋徽宗很欣赏这首词，曾召见周邦彦，问"六丑"之义，
周回答说：此调犯六个调子，都是声之美者，但演唱难
度很大。上古帝王高阳氏有六个儿子，都很有才，但都
长得丑，所以用来作比喻。（参见周密《浩然斋雅谈》及
王国维《清真先生遗事》）这个调子声情悲郁，音节拗
怒，连押十七个入声韵，所用虚字，无一不与文情相合，
读起来语意缠绵，如泣如诉。从全篇来看，作者的意图
是抒写自己客居无聊之际悼花惜春的感伤情怀。词中
借物喻情，反复咏叹，做到了曲折尽意。词先从客里光
阴虚度、惜春留春，写到蔷薇花落，以寓身世之感；再用
拟人化手法写蔷薇枝条对人的依恋，反衬人对花的爱怜

与追惜。结尾化用红叶题诗的典故,更觉余韵悠长。此词章法严密,措辞精粹,比兴深婉,作风含蓄,简直就像一件制作精美、无懈可击的高级工艺品。

解 语 花

元 宵

风销焰蜡①,露浥烘炉②,灯市光相射。桂华流瓦③,纤云散、耿耿素娥欲下④。衣裳淡雅,看楚女纤腰一把⑤。箫鼓喧⑥,人影参差⑦,满路飘香麝⑧。　　因念都城放夜⑨,望千门如昼,嬉笑游冶⑩。钿车罗帕⑪,相逢处、自有暗尘随马⑫。年光是也⑬,唯只见、旧情衰谢。清漏移⑭,飞盖归来⑮,从舞休歌罢⑯。

① 销:熔化。焰蜡:燃烧着的蜡烛。

② 浥(yì):沾湿。烘炉:暖炉,这里指花灯。

③ 桂华:指月光。传说月中有桂树,故以"桂花"代指月。华,

同"花"。

④ 纤云：小而淡的云。耿耿：明亮的样子。素娥：嫦娥，神话
传说中的月中仙子。

⑤ 楚女：细腰美女。《韩非子·二柄》："楚灵王好细腰，而国
中多饿人。"春秋时楚灵王喜爱细腰美人，于是楚王宫里的
女子都尚细腰，后人就常用细腰、纤腰来形容女子身材姣
好。欧阳修《减字木兰花》词："楚女纤腰天与细。"

⑥ 箫鼓：泛指各种乐器。

⑦ 人影参差：人影杂乱。参差，长短不齐的样子。

⑧ 香麝(shè)：麝香的芬芳。这里指女子身上散发的脂粉
香气。

⑨ 都城：指汴京。放夜：唐宋时代每逢元宵节京城开放夜
禁，街道上可以整夜自由通行，称为"放夜"。

⑩ 游冶：寻欢作乐。

⑪ 钿车：以金花为饰的车子，古时多为富贵人家女子乘坐。
罗帕：丝织的手帕。

⑫ 暗尘随马：车马过处扬起尘土。这是化用唐苏味道《正月
十五夜》诗："暗尘随马去，明月逐人来。"

⑬ 年光是也：时序节令仍然和往常一样。

⑭ 清漏移:指夜已深了。漏,古代滴水计时的器具。

⑮ 飞盖:飞驰的车子。盖,车盖,代指车。

⑯ 从:任从,任凭。这句是说自己已无心游赏,听任街上的歌
　　舞休歇。

　　这首词,因其中有"楚女"字样,一般都认为是周邦
彦流落荆州时所作。当代有学者提出异议,认为"楚
女"应是泛指细腰美人,非专指荆州女子;更重要的是,
"飞盖归来"云云,是州府长官的排场,非周邦彦在荆州
时所能有;且此词下片流露的是一种老年人的迟暮之
感,也非三十多岁在荆州时的感情。再加上对照南宋人
的有关记载,此词描写的是浙东西一带的元宵旧俗,论
者认为此词是徽宗政和五年(1115)至六年周邦彦短暂
外任明州(今浙江宁波)时所作。(参见罗忼烈《周清真
词时地考略》)这个推断颇有道理,今从之。词中用铺
张的笔法对比描写明州和汴京元宵赏灯游乐的热闹场
景,是宋词中咏元宵的一篇名作。张炎《词源》称赞它
"不独措辞精粹,又且见时序风物之盛,人家宴乐之

同"。实际上，如果只看到此词写景咏物之长，尚不足以尽其妙。作者的意图是以咏节日来抒写自己的身世之感。作者自溧水重返汴京后，仕途比较顺畅，不料已六十高龄又一次被放外任，自不免产生迟暮之感和抑郁之情。此时适逢热闹的元宵佳节，对比今昔，禁不住以词遣怀。上片先写明州元宵夜灯火灿烂，月华流辉，箫鼓喧天，士女如云，而"衣裳淡雅"、"纤腰一把"的明州美女尤为引人注目。但这些"乐景"的描写全都是为了反衬自己的孤独郁闷情怀。下片回忆汴京的元宵来加重这种情怀的分量。汴京的元宵更热闹，夜禁弛放，千门如昼，人们尽情嬉戏冶游，而歌妓的"钿车罗帕"尤牵动起作者的甜蜜回忆。可是越回忆越对比越感到目前的孤独寂寞无法排遣，于是以"年光是也"一句骤然结束了回忆和对比，用"唯只见旧情衰谢"一句直接道出本词的主旨。全篇以乐景写衰情，景中有人，景中含情，笔势浩荡流转，感情沉郁，充分地展示了作者在特定文化环境中丰富而复杂的内心世界。

烛 影 摇 红

　　芳脸匀红，黛眉巧画宫妆浅[①]。风流天赋与精神，全在娇波眼[②]。早是萦心可惯[③]。向尊前、频频顾盼[④]。几回相见，见了还休，争如不见[⑤]。　　烛影摇红[⑥]，夜阑饮散春宵短[⑦]。当时谁会唱阳关[⑧]？离恨天涯远。争奈云收雨散[⑨]。凭阑干、东风泪满[⑩]。海棠开后，燕子来时，黄昏深院[⑪]。

① 匀红：均匀地抹上红粉。黛眉：涂上青黑色颜料的眉毛。宫妆：模仿宫中女子的打扮。

② “风流”二句：是说这位美人天生的一段风韵，都从她明如秋水的娇媚眼波里流露出来了。

③ 萦心可惯：缠人心头，招人宠爱。惯，娇惯，纵爱。

④ “向尊前”句：在酒席上，她不断地向人递送眼波。尊前，酒杯前，指酒席上。

⑤ 争如：怎如，不如。

⑥ 烛影摇红：红烛的光焰在摇动。

⑦ 夜阑：夜深，夜尽。春宵：春夜，指春夜男女双方的欢会。白居易《长恨歌》："春宵苦短日高起。"

⑧ 会：理会，懂得。阳关：古曲《阳关三叠》（即王维《送元二使安西》）的简称。这是抒写离愁别恨的名曲。本篇用以泛指离别之曲。

⑨ 争奈：怎奈，无奈。云收雨散：喻男女间欢会断绝。云雨，语本宋玉《高唐赋》："妾在巫山之阳，高丘之岨，旦为朝云，暮为行雨，朝朝暮暮，阳台之下。"后以云雨指男女欢合。

⑩ "凭阑干"句：化用李白《清平调三首》："解释春风无限恨，沉香亭北倚栏杆。"

⑪ "海棠"三句：连同"东风泪满"句，说海棠花开后，燕子从南方飞来，时当黄昏，主人公独自站在庭院里，倚栏苦苦思念情人，任凭在东风中泪流满面。

　　这首词是周邦彦提举大晟府时奉旨而写的作品。关于它的写作缘起，南宋初年吴曾的《能改斋漫录》有这样一则记载：驸马都尉王诜写了一首单片五十字的《忆故人》词，全文为："烛影摇红，向夜阑，乍酒醒，心情懒。尊前谁为唱阳关,离恨天涯远。无奈云沉雨散,凭阑干,东风泪眼。海棠开后,燕子来时,黄昏庭院。"徽宗读后,很喜欢其词意,但嫌它还不"丰容宛转",就命令大晟府予以改写,另撰词腔。周邦彦于是增损王词,以原词为下片,增加上片,以王词首句"烛影摇红"为新词调名。这样一改,新词显然比原词"丰容宛转",充分地抒写出一位男子对一位深闺女子的深切宛转的怀念之情。将周词与王词相对照,更能看出周邦彦抒情技巧之高。首先,周词所增加的上片,细细描写女子"芳脸匀红"、"黛眉妆浅"、"娇波顾盼"的惹人怜爱的"风流精神",作为离情别恨的有力铺垫,然后再缓缓引出思念情深的正题。而王词则劈头就直写相思之苦,仓促急迫,难怪徽宗嫌它不"丰容宛转"。其次,王词是为女子代言,该女子为抒情主人公,直接倾吐内心的痛苦,这是典型的"花间"创作模式。而周词则变为男性抒情主人公的自言,分出了抒情的层次,上片回忆当初相聚时的欢乐,突出意中人的形神兼美、堪爱堪怜;下片设想分别后的相思,以环境气氛的渲染来突出意中人的情深思苦。这是文人自抒其情的一种基本模式。再次，周词改动原词的一些字词，如改"泪眼"为"泪满"，"庭院"为"深院"等，使语意更加丰满。此词虽不是周词中最好的作品，而且只是改写他人之作，不是清真的原创之作，但其语言之典丽，抒情之宛转，意境之悠远，无不打上了清真的烙印，因此它仍可代表清真的一贯作风。

黄鹂绕碧树

春　情

双阙笼佳气①，寒威日晚②，岁华将暮③。小院闲庭，对寒梅照雪，淡烟凝素④。忍当迅景⑤，动无限伤春情绪。犹赖是、上苑风光⑥，渐好芳容将煦⑦。　　草荚兰芽渐吐⑧。且寻芳、更休思虑⑨。这浮世、甚驱驰利禄，奔竞尘土。纵有魏珠照乘⑩，未买得、流年住。争如盛饮流霞⑪，醉偎琼树⑫。

① 双阙：指京城。据邓之诚《东京梦华录注》卷一"旧京城"条注引《宋会要辑稿》：汴京内城为皇宫所在，当时称阙城，东二门叫丽景、望春，西二门叫宜秋、闾阖，各有二阙。故此处以"双阙"代指汴京。

② 寒威：凛冽的寒气。唐王起《邹子吹律赋》："响发于寒威，气感于春晖。"

③ 岁华将暮：年光将尽。岁华，岁时。

④ 淡烟凝素：淡淡的烟云在空中凝结，状如白色的丝绸。素，白绢。

⑤ 迅景：快速消逝的光景。南齐萧子良《登山望雷居士精舍同沈右卫过刘先生墓下作诗·序》："潜舟迅景，灭赏沦辉。"

⑥ 上苑(yuàn)：供帝王玩赏、打猎的园林。《新唐书·苏良嗣传》："帝遣宦者采怪竹江南，将莳上苑。"

⑦ 芳容：泛指草木开放花朵。煦(xù)：温暖。这句说，天渐渐变暖，草木即将开花。

⑧ 草莱：泛指春草。兰芽：兰草初生的嫩芽。

⑨ 寻芳：指探赏春景。

⑩ 魏珠照乘：战国时魏国所产的光亮能照明车辆的宝珠。

《史记·田敬仲完世家》:"(齐威王)与魏王会田于郊。魏王问曰:'王亦有宝乎?'威王曰:'无有。'梁王曰:'若寡人国小也,尚有径寸之珠照车前后各十二乘者十枚。'"后用以比喻极其名贵的东西。

⑪ 流霞:神话传说中的仙酒。汉王充《论衡·道虚》:"口饥欲食,仙人辄饮我以流霞一杯,每饮一杯,数月不饥。"后用以泛指美酒。庾信《卫王赠桑落酒奉答》诗:"愁人坐狭邪,喜得送流霞。"

⑫ 琼树:本是传说中生于昆仑山西边的一种大树,后多用作树的美称。南朝宋谢惠连《雪赋》:"庭列瑶阶,林挺琼树。"

　　这首词作于周邦彦三旅汴京期间。它在清真集中无论从思想内容上还是从艺术表现上来看都别具一格,因为它既非爱情相思之作,亦非羁旅行役之什,也不是一般的流连光景之篇,而是一首语义显豁的政治讽刺词。上片通过描写汴京皇城及上苑的风光,讽刺宋徽宗贪图享乐,荒淫失政。下片则斥责蔡京一伙党人驱驰利禄,无耻竞进。罗忼烈《周清真词时地考略》分析说:

"时方兴花石纲,造延福宫,作万岁山,残民以极园林宫观之奉。词云:'上苑风光渐好,芳容将煦';又云:'且寻芳,更休思虑';刺赵佶淫奢逸乐,荒于政事也。'驱驰利禄,奔竞尘土',则明指党人无耻竞进也,《年谱》(按指近人陈思《清真居士年谱》)谓此数句:'谓以党败人,终以党败国。'诚亦北宋所以亡之一端。"所见甚是。此词从艺术上来看并非清真词中的名篇佳作,但它反映出周邦彦已有用词言志和表现社会重大题材的端倪,这在香艳词风一统天下的北宋晚期词坛是难能可贵的。

兰 陵 王

柳

柳阴直。烟里丝丝弄碧①。隋堤上②,曾见几番,拂水飘绵送行色③。登临望故国④,谁识京华倦客⑤?长亭路⑥,年去岁来,应折柔条过千尺⑦。　　闲寻旧踪迹⑧。又酒趁哀弦⑨,灯照离席⑩。梨花榆火催寒食⑪。愁一箭风

快⑫，半篙波暖⑬，回头迢递便数驿⑭。望人在
天北⑮。　　　凄恻⑯，恨堆积。渐别浦萦回⑰，
津堠岑寂⑱。斜阳冉冉春无极⑲。念月榭携
手⑳，露桥闻笛㉑。沉思前事，似梦里，泪暗滴。

① 烟：指薄薄的雾气。<u>丝丝</u>：形容柳条细长轻柔。<u>弄碧</u>：舞
　弄绿色的枝条。

② 隋堤：即北宋都城汴京城外的汴河堤。此堤为隋炀帝开通
　济渠时所筑，后人因称之为隋堤。

③ 几番：多次，若干次。<u>飘绵</u>：指柳絮在空中飞扬。<u>行色</u>：本
　指出行的神态，这里指行色匆匆的旅行者。

④ 故国：这里指故乡。

⑤ 谁识：谁知道，谁了解。<u>京华倦客</u>：作者自称。他是杭州
　人，却久居汴京，厌倦了作客生涯。京华，京城，指汴京。

⑥ 长亭：古代交通要道上五里置一短亭，十里置一长亭，一般
　在长亭送别亲友，所以诗词中用"长亭"代指送别之地。

⑦ "应折"句：指折柳赠别的次数极多。汉代长安城东有灞
　桥，京城的人送客到此，都折柳枝赠别，后遂沿为历代不衰

215

的习俗。过千尺,形容送客次数之多。

⑧ 旧踪迹:指过去送客钱别的场所。

⑨ 酒趁哀弦:饮酒时演奏哀伤的离别曲子。趁,伴随。

⑩ 离席:送别的筵席。

⑪ "梨花"句:指刚取榆火送走了寒食节,又到了梨花盛开的时候。古代风俗,寒食节禁烟火,到清明节则取榆柳之火煮食。

⑫ 一箭风快:形容船顺风而驶,快如飞箭。

⑬ 半篙波暖:指撑船的竹篙一半没入温暖的春水中。

⑭ 迢递:遥远的样子。驿(yì):驿站,古代传递公文的人或往来官员住宿和换马的场所。

⑮ "望人"句:旅行者是离汴京南行,所以船行过程中看见送行者是在北面。

⑯ 凄恻:心情悲伤。

⑰ 别浦:送行的岸边。萦回:水流回旋。

⑱ 津堠(hòu):渡口计里程和供行人守望的土堡。岑寂:冷清寂寞。

⑲ 冉冉:缓慢移动的样子。

⑳ 月榭(xiè):月光映照的亭台。谢,有屋顶的台子。

㉑ 露桥:沾满露水的桥。

关于这首词,南宋人的笔记《樵隐笔录》有一则记载:"绍兴初,都下(按指杭州)盛行周清真咏柳《兰陵王慢》,西楼南瓦皆歌之,谓之'渭城三叠',以周词凡三换头,至末段尤声情激越,惟教坊老笛师能倚之以节歌者。其谱传自赵忠简(鼎)家。忠简于建炎丁未九日南渡,泊舟仪真江口,遇宣和大晟府协律郎某,扣获九重故谱,因令家伎习之,遂流传于外。"既是从大晟府协律郎手中得到的"九重(皇宫)故谱",则此词必为周邦彦在大晟府所作无疑。

这首词题为咏柳,其实并不是一般的咏物之作,而仅仅是借柳起兴,引出送别的主题,进而抒写作者久客京华、厌倦羁旅生涯的苦闷哀愁情绪。陈廷焯《白雨斋词话》认为:"'登临望故国,谁识京华倦客'二语是一篇之主。"词中种种描写,都从这一点生发开来。全篇由三叠组成。第一叠,借柳起兴,引出别恨。起二句缴足题面。"隋堤"三句,写折柳送行的习俗。"登临"二句,抒情主人公陡然亮相,点出本篇主旨。"长亭"三句,与前"隋堤上"三句回应,更见多年漂泊之苦。第二叠写送别时情景,并由眼前的离宴设想别后的寂寞与凄凉。
其中"愁一箭"四句是从行者一方着想。第三叠实写抒
情主人公自己。先是词人愁怨不堪,自己孤独的身影跃
然纸上,接下来"别浦"、"津堠"、"斜阳冉冉",另开拓
出一个"绮丽中带悲壮,全首精神振起"(《艺蘅馆词选》
引梁启超评语)的境界。"念月榭"二句,忽又折入前
事,极吞吐回环之妙。结尾"沉思"较前面"念"字意蕴
尤深,表明词人伤心已极,于是泪水"暗滴",结束了全
篇。总起来说,这篇名作,写景、叙事、抒情有机交融,极
有层次,音节拗怒顿挫,章法回环曲折,感情沉郁起伏,
结构浑然天成,各方面都显示了周邦彦慢词艺术的辉煌
成就,并代表了北宋慢词发展的最高水平。

琐 窗 寒

寒 食

暗柳啼鸦①,单衣伫立②,小帘朱户。桐花
半亩,静锁一庭愁雨③。洒空阶、夜阑未休④,

故人剪烛西窗语⑤。似楚江暝宿⑥，风灯零乱⑦，少年羁旅⑧。　　迟暮⑨。嬉游处。正店舍无烟⑩，禁城百五⑪。旗亭唤酒⑫，付与高阳俦侣⑬。想东园、桃李自春，小唇秀靥今在否⑭？到归时、定有残英⑮，待客携尊俎⑯。

① 暗柳啼鸦：表明春已深。暗柳，形容柳树枝叶浓密。这句是化用杜甫《暮春》诗"沙上草阁柳新暗"句和李贺《答赠》诗"杨柳伴啼鸦"句而成。

② 单衣：表明天暖已换上单薄衣裳。伫立：久久站立。

③ "桐花"二句：是说静静的小庭院深锁着，春雨正潇潇而下，满地是凋落的桐花，使人发愁。

④ 夜阑未休：指春雨直到夜深还未停歇。

⑤ "故人"句：与老朋友在西窗下剪烛作彻夜长谈。语本李商隐《夜雨寄北》诗："何当共剪西窗烛，却话巴山夜雨时。"

⑥ 楚江暝宿：在荆州的江边过夜。楚江，指长江流过荆州境内的那一段。作者青年时曾流寓荆州，前已介绍。

⑦ 风灯零乱：灯光在风中摇曳不定。这是化用杜甫《船下夔

州郭宿雨湿不得上岸别王十二判官》诗:"风起春灯乱,江鸣夜雨悬。"

⑧ 羁旅:离乡在外旅居。

⑨ 迟暮:暮年,晚景。屈原《离骚》:"惟草木之零落兮,恐美人之迟暮。"南朝梁何逊《赠诸旧游诗》:"少壮轻年月,迟暮惜光辉。"

⑩ 店舍无烟:化用元稹《连昌宫词》:"初过寒食一百六,店舍无烟宫树绿。"无烟,指寒食节不点火、不起灶的风俗。烟,炊烟。

⑪ 禁城:皇城,指京城。百五:指寒食节。冬至后一百零五天为寒食节,故云。唐姚合《寒食二首》诗:"今朝一百五,出户雨初晴。"

⑫ 旗亭:酒店,酒楼。以其悬旗为招徕顾客的标志,故名旗亭。汉张衡《西京赋》:"旗亭五重。"唐李贺《开愁歌》:"旗亭下马解秋衣,请赏宜城一杯酒。"

⑬ 高阳俦侣:饮酒的伙伴。高阳,为"高阳酒徒"的省称,语本《史记·郦生陆贾列传》:"郦生(食其)瞋目按剑叱使者曰:'去!复入言沛公,吾高阳酒徒也,非儒人也。'"俦侣,友伴。

⑭ 小唇秀靥(yè)：代指美女。语本李贺《兰香神女庙》诗："浓眉笼小唇"，及《恼公》诗："晓奁妆秀靥。"秀靥，脸上好看的酒窝。

⑮ 残英：凋谢的花。

⑯ 尊俎：代指酒菜。尊，酒器。俎，祭祀或设宴时用来盛放食品的器皿。

　　这首词据篇中的"迟暮"、"禁城"等字样，当时周邦彦老年三旅汴京期间所作。全篇由京城寒食景象兴感，抒写作者暮年羁旅，怀念旧友和家乡、家人的苦闷情绪。正如俞陛云《唐五代两宋词选释》所评析的："词为寒食作。闲淡写来，因雨而念故人，更念及湘楚旧游，苍凉寄感。'风灯'二句写出楚江夜泊风景。下阕因佳节而回忆当年，非特酒徒云散，即绛唇清唱，今在谁边？姑盼归期，冀堕欢重拾耳。上阕'故人剪烛'四句能情中带景，情味便厚，亦词家途径也。"又黄苏《蓼园词选》评曰："前阕写宦况凄清，次阕起处点清寒食，以下引到思家情怀，风情旖旎可想。"所说最为简要中肯。

五、暮年远宦

宋徽宗重和元年（1118）春天，六十三岁高龄的老词人周邦彦又一次因为"不能俯仰取容"（这次是未能"望风希旨"颂祥瑞）而"自触罢废"——被调出大晟府，远放到偏远的河朔之地真定府（今河北正定县）任知府。他无力抗拒命运的安排，只好在北宋末年"斜阳冉冉"的残照之中，走向自己的"斜阳冉冉"的暮景。暮景，本是光线黯淡、烟霭迷茫的，在年迈目昏的周邦彦面前，它就更加凄黯模糊了。据他的《游定夫见过晡饭既去烛下目昏不能阅书感而赋之》诗及其自注，前些年他就因为长期的秘书省正字、校书郎、议礼局检讨等职务的劳烦，而得了严重的目疾，每到天晚即二目昏花，"看朱忽成碧",常常"铜荚洗病眼,乌焉畏断册",连看书认字也很吃力了。这样的身体状况显然是不宜远放外任的,但他还是屈从了命运的安排,打点离京准备北上了。可以想见,身心交病的周邦彦被迫第三次(也是最后一次)离京时是十分孤独可怜的。从此他再也没有机会回到他魂牵梦萦的汴京,而是在外面南北流徙三年多就去世了。这短暂的三年多,是他生命中最黯淡、最不安定的一段人生的旅程。他就是在一种充满精神痛苦和心灵幻灭感的境况里,慢慢挨过这最后一程的。

据周邦彦的《续秋兴赋并序》,他大约于重和元年春末出京,孟夏抵真定府,在那里百无聊赖地度过了夏天的三个月,又迎来了衰飒的秋天。几个月的较为安定的生活,使他对新环境逐渐熟悉起来,他开始喜欢上这块土地了。他在《续秋兴赋序》中这样写道:

> 某既游河朔,三月而见秋……居僻近郊,虽无崇山峻岭之崔嵬,飞泉流水之潺湲,而蔬园禾畹,棋布云列,围木蓊郁而竦寻,野鸟鸣侣而呼俦。纻麻桑柘,充茂荫翳。间或步屧于高原,前阻危垒,下俯

长濠,寓目幽蔚,心放形适,似有可乐。

　　然而正当他开始感到"心放形适,似有可乐"的时候,朝廷不知出于什么考虑,又将他改知顺昌府(今安徽阜阳)。大约在这年底或最迟在次年初,席不暇暖的周邦彦只得打点南下,奔赴新的任所。他在顺昌任上也只待了不到两年的时间。大约在宣和元年底或宣和二年(1119—1120),他又被调知处州(今浙江丽水)。未及到任,又很快被罢官,奉祠提举南京(今河南商丘)鸿庆宫。于是周邦彦暂回杭州居住。宣和二年中,他又从杭州迁居睦州(今浙江建德)。睦州是他旧游之地,建中靖国元年(1101)他短期归浙时,曾到此住过一段时间,并写过《睦州建德县清理堂记》和《敕赐唐二高僧师号记》两篇文章。这次以衰迈之身重来旧地,不觉名利之念全空,只想在此择一块佳地,隐居玩乐,以终天年。

　　可是周邦彦在睦州隐居终老的愿望很快就落空了。就在这一年十月,方腊领头的农民起义在睦州清溪县爆发。十二月,义军攻下清溪县,遂以得胜之兵连克睦、歙二州,北指桐庐、富阳诸县,直逼杭州。周邦彦不但在睦州待不下去了,就连在杭州和整个浙江境内也都待不下去了。大约在方腊军队围攻睦州府治时,他仓促离去,先奔向杭州。沿途兵戈已满,乱象丛生,他躲躲藏藏,仅得以免死。到杭州时,他刚入钱塘门,正逢郡守赵霆弃城逃走,杭州士绅富豪及许多市民倾城出逃,道路为之阻塞。周邦彦不敢回旧居,只得随大流往外逃走。方腊军入据杭州后,两浙之地全在其势力笼罩之下,已经没有士大夫们的奔避之所了,周邦彦只好挈家北上。大约在这年末或次年(宣和三年)正月,他合家渡过长江到达扬州,暂时住了下来。

周邦彦在扬州未及喘息,江北纷纷传说方腊已尽据两浙,即将横渡大江,进军淮、泗。邦彦自己思忖:扬州不可久居,刚领南京(今河南商丘)鸿庆宫,那里远离江南,靠近汴京,比较安全,又有斋厅可以居住。于是他带领家人,取四十多年前上汴京游学的旧道,经天长(今属安徽)西上,终于到达商丘,在鸿庆宫住了下来。可不久他一病不起,春天里就在鸿庆宫斋厅溘然长逝,享年六十六岁。这一年是宣和三年(1121),距北宋灭亡只有六年的时间了。近年有学者考证说,周邦彦临终前没有经过这么多周折,也未曾死在南京鸿庆宫,而是旅死于从顺昌去处州赴任的途中。这个考证当然也可备一说。但无论如何,周邦彦是死于晚年不安定的迁徙流离之中,死于北宋灭亡前社会动荡的大环境中,这一点却是可以完全肯定的。当年五月,宋廷知道了周邦彦的死讯,赠给了他一个"宣奉大夫"的虚号。以后他的家人将其遗骨运回杭州,安葬在城郊南荡山——也就是他的父亲周原和叔父周邠的埋骨之处。

暮年远宦直至去世的三年多时间,也是周邦彦文学创作的尾声。此时他辗转流走于异乡,故土与京城两不得归,老境颓唐,前路窘迫,心情灰溜溜的,早已没有了少壮时期的风流倜傥。作词也早就捐弃"绮罗香泽之态",无复"绸缪宛转之度",而全以衰飒凄冷之调,来吟其行将就木的失路哀歌。《清真集》中作于去世前几年的一批词篇,内容率多叹老嗟卑、伤春悲秋和忆旧怀人等,那种渴望退归林下、了此残生的心愿经常溢于言表,而艺术上却仍然是炉火纯青的。

诉 衷 情

堤前亭午未融霜①,风紧雁无行②。重寻旧日歧路③,茸帽北游装④。 期信杳⑤,别离长,远情伤。风翻酒幔⑥,寒凝茶烟⑦,又是何乡。

① 亭午:正午。北魏郦道元《水经注·江水》:"自非亭午夜分,不见曦月。"亭,至,到。

② "风紧"句:化用杜甫《冬晚送长孙渐舍人归州》诗:"云晴鸥更舞,风逆雁无行。"形容寒风凛冽,把雁行都吹散了。

③ 旧日歧路:过去曾经过的岔道口。歧路,岔路。

④ 茸(róng)帽:毛皮帽子。茸,指兽皮上柔软的细毛。

⑤ 杳(yǎo):无影无声。

⑥ 酒幔:酒店里的布幕。

⑦ 寒凝茶烟:寒气使室内的茶烟凝聚不散。

体味词中"茸帽北游"、"寒凝茶烟"等语意,本篇大约为作者北游真定期间所作。篇中选取华北地区秋末冬初有特征的景物来进行细致的描绘,渲染出一种凄冷悲凉的气氛,以寄托作者自己的厌倦羁旅行役、怀念旧游和家乡的情绪。其中风紧雁散、寒凝茶烟等细节的描画尤为真切生动,"期信杳"、"远情伤"等感叹又是那样的直率而凄婉,所以此词称得上是王国维所说的"能写真景物、真感情"的"有境界"之作。

水 龙 吟

梨 花

素肌应怯余寒①,艳阳占立青芜地②。樊川照日③,灵关遮路④,残红敛避⑤。传火楼台⑥,炉花风雨⑦,长门深闭⑧。亚帘栊半湿⑨,一枝在手⑩,偏勾引、黄昏泪⑪。别有风前月底。布繁英、满园歌吹⑫。朱铅退尽⑬,潘妃却酒⑭,昭君乍起⑮。雪浪翻空⑯,粉裳缟夜⑰,不成春意^⑱。恨玉容不见琼英^⑲，谩好与、何人比^⑳？

① 素肌：喻梨花颜色洁白，就像美人白皙的肌肤。怯：害怕，畏惧。余寒：冬天遗留的寒气。

② 艳阳：指春天的明媚风光。南朝宋鲍照《学刘公幹体》诗："兹晨自为美，当避艳阳天。艳阳桃李节，皎洁不成妍。"青芜地：绿草丛生的地面。

③ 樊川：汉代京城长安郊外专为皇家种植梨树的园林。《艺文类聚》卷86引《三秦记》："汉武帝园，一名樊川，一名御宿，有大梨如五升瓶，落地则破。其主取者，以布囊承之，名含消梨。"

④ 灵关：山名，在今四川省境内，以产梨著称。

⑤ 残红：残留的红花，这里指有色的众花。敛避：躲避，躲藏。

⑥ 传火：指时令到了清明节。南宋吴自牧《梦粱录》："寒食第三日，即清明节，每岁禁中命小内侍于阁门用榆木钻火……宣赐臣僚巨烛。"

⑦ 妒花风雨：是说清明期间的风雨像是嫉妒梨花似的，把它

吹落在地。语本杜甫《风雨看舟前落花戏为新句》诗："风
妒红花却倒吹。"

⑧ 长门：汉宫名，为汉武帝幽闭陈皇后处。刘长卿《长门怨》
诗："何时长门闭，珠帘只自垂。"这里把梨花比为被幽闭于
深宫的美人。

⑨ 亚帘栊半湿：是说赶快关起窗来，不料帘子和窗棂子已有
一半被雨水打湿。亚，掩。栊，窗棂。

⑩ 一枝：指梨花。白居易《长恨歌》："玉容寂寞泪阑干，梨花
一枝春带雨。"

⑪ 黄昏泪：化用欧阳修《蝶恋花》词："门掩黄昏，无计留春
住。泪眼问花花不语，乱红飞过秋千去。"

⑫ "布繁英"句：借唐代皇家梨园事铺写梨花的繁盛。据《新
唐书·礼乐志》："(唐)玄宗既知音律，又酷爱法曲，选坐部
伎子弟三百，教于梨园……号皇帝梨园弟子。宫女数百，
亦为梨园弟子，居宜春北院。"繁英，盛开的花朵。歌吹，奏
乐唱歌。

⑬ "朱铅"句：把梨花比喻为以洁白为美、不施脂粉的女子。
朱铅，女子涂面的胭脂和铅粉。

⑭ 潘妃：南齐废帝东昏侯萧宝卷的妃子，小名玉儿，面白貌

美。却酒：辞酒不饮。饮酒则脸红，潘妃辞酒，以保持其洁
白的容颜。这里以潘妃比喻梨花。

⑮ 昭君乍起：比喻梨花凋落，梨叶渐长。昭君，指王昭君。陈
元龙注《片玉集》引《琴操·昭君歌》："梨叶萋萋其叶黄，
有鸟处此，集于苞桑。"

⑯ 雪浪翻空：形容梨花凋谢，花瓣漫天飞舞。

⑰ 粉裳缟(gǎo)夜：凋谢的梨花把夜空照得十分明亮。粉
裳，白色的衣裳，喻梨花。缟，白色，这里作动词用，使……
发白的意思。

⑱ 不成春意：梨花凋谢后，梨园里就再也没有春意了。

⑲ 玉容：指梨花。琼英：美玉一般的花朵。

⑳ 谩好：空好，枉自好。谩，空，徒然。

这首咏物词应是在真定时所作。因为真定自古以
梨著称，《艺文类聚》卷 86 引三国魏文帝曹丕诏曰："真
定郡梨，甘若蜜，脆若凌，可以解烦饴。"又引何晏《九州
记》云："安平好枣，中山好栗，魏郡好杏，河内好稻，真
定好梨。"直至当代，真定仍是河北鸭梨的重要产地。
有学者指出，周邦彦的咏物词，每因当地草木而发，如汴

京之作多咏汴堤之柳,溧水之作多咏山泽之梅。由此推断,本篇当为真定之作。(参见罗忼烈《周邦彦清真集笺》)此词咏梨花,却通篇未曾出现"梨花"、"洁白"等字眼,而是频频使用有关梨花的典故,调动能够凸显梨花独特形态和风味的词语,铺陈展衍,充分地写出梨花的特点和它在春天从盛开到凋谢的全过程。这种咏物而不直接说出该物名称,而只是描摹其形神与动态的写法,诗家称为"白战体"。在北宋词人中,使用此法最成功的是周邦彦,本篇即为典型的一例。南宋沈义父《乐府指迷》指出:"咏物最忌说出题字,如清真梨花及柳,何曾说出一个'梨'、'柳'字?梅川(施岳)不免犯此戒,如《月上海棠》咏月,出两个'月'字,便觉浅露。周草窗(密)诸人多有此病,宜戒之。"如此说来,本篇堪称咏物词的圭臬了。沈义父又评论本篇提调安排、穿插顿宕之妙云:"如咏物须时时提调,觉不分晓,须用一两件事印证方可。如清真咏梨花《水龙吟》第三第四句用樊川、灵关事,又'深闭门'及'一枝带雨'事,觉后段太宽,又用'玉容'事,方表得梨花。若全篇只说花之白,则凡是白花皆可用,如何见得是梨花?"所评甚是。但沈义父只看出了此词咏物技法之妙,却未曾明白作者借物寓怀之用心。对此,罗忼烈《周邦彦清真集笺》于本篇后所写的《附记》,可供我们参考:"咏物之词,多有寄托。起句至'残红敛避',《离骚》初服之意;'传火楼台'至'黄昏泪',则蛾眉见妒也;'别有'至'不成春意',则孤芳自赏也;结三句,伤珷玞之乱玉也。《楼序》谓其'学道退然','坐视捷径,不一趋焉';黄蓼园谓此词'但写梨花冷淡性情',即安于冷淡,寓己退然不求捷径之意。"

华 胥 引

秋 思

川原澄映[①],烟月冥濛[②],去舟如叶。岸足沙平[③],蒲根水冷留雁唼[④]。别有孤角吟秋,对晓风鸣轧[⑤]。红日三竿,醉头扶起还怯[⑥]。

离思相萦[⑦],渐看看、鬓丝堪镊[⑧]。舞衫歌

扇,何人轻怜细阅。点检从前恩爱^⑨,但凤笺盈
箧^⑩。愁剪灯花,夜来和泪双叠^⑪。

① 川原澄映:化用韩愈《和李相公摄事南郊》诗:"川原共澄
　 映,云日还浮飘。"形容流水穿过原野,与天光云影相辉映。
② 烟月冥濛:在迷茫的烟雾中,月色显得很昏暗。冥濛,昏暗
　 迷茫。
③ 岸足:河岸靠水一侧的边沿。
④ 蒲根:水中蒲草的根部。唼(shà):鱼类或水鸟吞食东西。
　 这句是化用李商隐《子初全溪作》诗:"战蒲知雁唼,皱月觉
　 鱼来。"
⑤ "别有"二句:晓风中传来城楼上一只画角的呜咽声。这是
　 化用杜牧《题齐安城楼》诗:"呜轧江楼角一声,微阳潋潋落
　 寒汀。"呜轧(yà),象声词,这里指画角声。
⑥ "红日"二句:化用杜牧《醉题五绝》中"醉头扶不起,三丈
　 日已高"的句子。怯,这里指体软头晕,害怕起床。
⑦ 萦:缠绕。
⑧ 鬓丝堪镊(niè):鬓发稀疏,已不堪夹镊。堪,不堪,不可
　 以。镊,镊子,夹取毛发的用具,这里作动词用,"夹取"

之意。

⑨ 点检：清理，检查。这里指从头回忆。

⑩ 凤笺：绘有金凤的信纸，这里指书信。盈箧(qiè)：装满了
箱子。箧，小竹箱。

⑪ 和泪双叠：谓泪水与灯花互相映照。

从篇中"鬓丝堪镊"等语来看，此词为作者晚年所
作。但具体时间不详。黄苏《蓼园词选》推断说："美成
由徽猷阁待制出知顺昌府，徙处州，此词或在顺昌、处州
作乎？"姑从之。这也是一首羁旅行役词。上片描写旅
途秋景，从川原澄映、烟月冥濛的大景与远景，写到蒲根
水冷、孤角吟秋的小景与近景，渲染出一片萧瑟悲凉的
环境气氛。下篇抒发离愁别恨，一边嗟叹自己鬓发稀
白，已经无可挽回地衰老；一边翻检旧日情人的书信，惋
惜青春不再。泪水与灯光相映，感情在自我形象的描绘
中透发出来，显得十分深婉而凄切。陈洵《海绡说词》
很简洁地评点本篇说："日高醉起，始念夜来离思，即景
叙情。顺逆伸缩，自然深妙。"

一 寸 金

新定作①

　　州夹苍崖②，下枕江山是城郭③。望海霞接日，红翻水面；晴风吹草，青摇山脚④。波暖凫鹥作⑤。沙痕退、夜潮正落。疏林外、一点炊烟，渡口参差正寥廓⑥。　　自叹劳生⑦，经年何事，京华信漂泊。念渚蒲汀柳⑧，空归闲梦；风轮雨楫⑨，终辜前约⑩。情景牵心眼，流连处、利名易薄⑪。回头谢、冶叶倡条⑫，便入渔钓乐⑬。

① 新定：即睦州，治所在今浙江建德。唐玄宗天宝元年（742）改睦州为新定郡。宋初重新改为睦州，至宣和三年（1121）又改为严州。周邦彦这里是用唐代的旧名。

② 州夹苍崖：睦州城夹处于两道苍翠的山崖之间。宋陈公亮《严州图经》说："仁安山在城北一里，高六百丈，周一百六十里。平壁山在城西四十里，千仞壁立，因以得名。"由此

可知,所谓苍崖,当指仁安、平壁两山的山崖。

③ "下枕"句:从高处往下看,睦州城就像是枕卧在江山之间。这是实写睦州城的形势。据《景定严州续志》:"郡城岸江枕山,……滨江一带,雉堞如削。"

④ 青摇山脚:青绿色的草在山脚摇曳。

⑤ 凫鹥(fú yī):泛指水鸟。凫,野鸭。鹥,鸥鸟。作,起飞。

⑥ 渡口参差:指渡口的岸石错落不齐。寥廓(liáo kuò):旷远,广阔。

⑦ 劳生:辛苦劳碌的人生。语本《庄子·大宗师》:"夫大块载我以形,劳我以生。"唐骆宾王《海曲书情》诗:"薄游倦千里,劳生负百年。"

⑧ 渚(zhǔ)蒲汀(tīng)柳:泛指水边的草木。渚,水中的小块陆地。汀,水边的平地。

⑨ 风轮雨楫:指旅途奔波。轮,车轮,代指旱路。楫,船桨,代指水路。

⑩ 辜:辜负,违背。前约:原定的归期。

⑪ 利名易薄:感到了功名利禄的虚薄不可靠。

⑫ 谢:推辞,拒绝。冶叶倡条:指歌儿舞女。见前选《尉迟杯》注。

⑬ 渔钓乐：隐居钓鱼的快乐生活。按，睦州地近富阳，汉隐士
　 严光即隐居于富阳，以钓鱼为乐。作者因联想及此，要学
　 严光。

　　这首词大约是周邦彦去世前一年在睦州居住时所
作。它代表着作者晚年的词风——章法虽仍精密严整，
作风却变得清旷、疏放而萧瑟。这首词实际上是一篇周
氏"归去来兮辞"。试看词的上片写景，全是为了下片
抒感——对人生的"觉今是而昨非"的感悟。写景，主
要写的是早上海日东升时这一带的美丽景色，而且对睦
州山水主要是写水，写阳光映照下的江水，写江面上植
物（岸草）、动物（野鸭、鸥鸟）和人（炊烟）的活动。这
就将静态的城市写得带有动态而且富有生机，为全词结
尾处的"便入渔钓乐"——也就是在这片乐土隐居的愿
望作了充分的铺垫。下片的抒感，主要是反省自己的过
去，决心抛弃俗世的一切，回归自然。作者反思从前的
所作所为，发现自己几十年来"风轮雨楫"、南北"漂泊"
所孜孜以求的两个东西——俗世"利名"与"冶叶倡条"

(美色),皆属虚幻之物,"便入渔钓乐"便是反思之后得出的唯一正确的结论和人生抉择。如此看来,此词的灵魂和核心是在下片。俞陛云《唐五代两宋词选释》认定此词:"胜处全在上阕,写江路景物如画。好语穿珠,无懈可击。"似尚未搔着痒处。

瑞　鹤　仙

悄郊原带郭①。行路永②,客去车尘漠漠③。斜阳映山落。敛余红犹恋,孤城栏角④。凌波步弱⑤。过短亭、何用素约⑥。有流莺劝我⑦,重解绣鞍⑧,缓引春酌⑨。　　不记归时早暮,上马谁扶,醒眠朱阁⑩。惊飚动幕⑪。扶残醉,绕红药⑫。叹西园已是⑬,花深无地⑭,东风何事又恶⑮。任流光过却⑯,犹喜洞天自乐⑰。

---

① 悄:静悄悄地。郊原:郊外,郊野。郭:城市的外城。古时城墙有内外两重,内城称"城",外城称"郭"。

② 永：远，漫长。

③ 漠漠：形容尘土飞扬，能见度低。

④ "敛余红"二句：指太阳的余光还恋恋不舍地映照着城墙栏杆的一角。敛：收敛，收起。余红，太阳的余光。

⑤ 凌波步弱：化用曹植《洛神赋》："凌波微步，罗袜生尘。"形容女子步态轻盈。步弱，脚力不济。

⑥ 短亭：古代交通要道上所设的供行人歇息的凉亭，有短亭、长亭两种。《白氏六帖》："五里一短亭，十里一长亭。"李白《菩萨蛮》词："何处是归程，长亭更短亭。"素约：预先的约定。

⑦ 流莺：鸣声圆转好听的黄莺鸟。李白《对酒》诗："流莺啼碧树，明月窥金罍。"这里喻指歌妓。

⑧ 绣鞍：搭着刺绣鞍垫的马鞍。马鞍的美称。

⑨ 缓引：从容不迫地持杯而饮。春酌：春酒。杜甫《醉时歌》："清液沉沉动春酌，灯前细雨檐花落。"

⑩ 朱阁：油漆成红色的楼阁。楼阁的美称。

⑪ 惊飚(biāo)：狂风，暴风。

⑫ 红药：红芍药花。

⑬ 西园：此指花园。曹植《公宴诗》："清夜游西园，飞盖相追

随。……秋兰被长坂,朱华冒绿池。"

⑭ 花深无地:落花堆积,将地面都给覆盖住了。

⑮ 何事又恶:为什么如此凶恶。

⑯ 任:任凭,听凭。流光:流逝的时光。

⑰ 洞天:道家称神仙居住的地方,有所谓三十六洞天、七十二洞天之说。李白《梦游天姥吟留别》诗:"洞天石扉,訇然中开。"

关于这首词,北宋末与周邦彦有过交往的历史学家王铚及其子王明清相继记载过这样一则"本事":周邦彦从杭州迁居睦州的时候,某个晚上梦中作了这首《瑞鹤仙》词。醒来之后犹能全记此词,但一点也不明白自己所写的这些内容究竟意味着什么。接着不久就有了避方腊兵出杭州城逃难之事。逃难的情景竟与这首词所写的一一吻合。他在事后将此词抄寄给王铚,并告以逃难状况。据王铚和王明清说,此词下片的内容,甚至还应验了周邦彦绝江居扬州后直至死于南京鸿庆宫斋厅的一连串经历。古人思想迷信,而周邦彦本人又信道

教,所谓梦应词谶之说,当然是不可信的。正如胡适
《词选》已经指出的,此词无非是"记一段实事",绝无什
么神秘色彩。不过,王铚既是周邦彦晚年在顺昌府结识
的朋友,逃难的情况是邦彦自己告知的,且此词又是邦
彦所寄,则我们可以肯定两点:一、王铚和王明清所追
述的周邦彦去世前一段时间的行踪是可信的;二、此词
不管作意如何,应是邦彦这一段时间的作品。全篇是追
述一次出城送客的经历。正如唐圭璋《唐宋词简释》所
分析的:"起句,点送客之地。'客去'句,言'客去'之
状。'斜阳'三句,是送客后返城之所见。'凌波'三句,
写过短亭时又有所遇,因解鞍重酌。换头,从酒醒说起,
略去昨日薄暮醉时之事。'惊飙'三句,因风起而念花落,
故扶醉往视。'叹西园'三句,极写东风之恶,与落花之
多。末两句,聊以自娱之意也。"至于此词所寓何意,我认
为黄苏《蓼园词选》的推测较为有理:"此词美成或在出
守顺昌后作乎? 似有郁郁不得意,而托于游,托于酒,以
自排遣。醉中语,犹自绕药栏而怨东风。所云'洞天自
乐',亦无聊之意也。细玩应自得其用意所在。"

西 平 乐

元丰初,予以布衣西上,过天长道中^①。后四十余年辛丑^②,正月二十六日,避贼复游故地^③。感叹岁月,偶成此词。

稚柳苏晴^④,故溪歇雨^⑤,川迥未觉春赊^⑥。驼褐寒侵,正怜初日,轻阴抵死须遮^⑦。叹事逐孤鸿尽去^⑧,身与塘蒲共晚^⑨,争知向此,征途迢递^⑩,伫立尘沙^⑪。追念朱颜翠发^⑫,曾到处、故地使人嗟。　　道连三楚^⑬,天低四野,乔木依前,临路欹斜^⑭。重慕想、东陵晦迹^⑮,彭泽归来^⑯,左右琴书自乐,松菊相依,何况风流鬓未华^⑰?多谢故人,亲驰郑驿^⑱,时倒融尊^⑲,劝此淹留^⑳,共过芳时^㉑,翻令倦客思家。

① 元丰:宋神宗赵顼(xù)年号,公元 1078—1085 年。布衣,老百姓,此指没有做官的读书人。天长:宋时天长军,治所在今安徽天长县。

② 辛丑:即宋徽宗宣和三年(1121)。这一年的甲子为辛丑,
作者66岁。

③ 贼:这是对方腊农民起义军的谤称。

④ 稚柳:嫩柳。指春来柳树发的新枝条。苏晴:在晴光中复
活生长。

⑤ 故溪:往年(40多年前)经过的溪流。

⑥ 迥:远。赊:也是"远"的意思。这句的意思是说,我此行
虽然路途遥远,但并未感到春天遥远,春天已经来到天
长了。

⑦ "驼褐(hè)"三句:是说身上穿的驼毛里子的粗布衣服挡
不住寒气,正喜太阳露头可以驱除寒冷了,不料阴云却死
死地挡住了阳光。褐。粗布短衣。

⑧ "叹事逐"句:感叹往事消逝得无影无踪。这是化用杜牧
《题安州浮云寺楼寄湖州张郎中》诗:"恨如春草多,事与孤
鸿去。"

⑨ "身与"句:感叹自己衰老。这是化用李贺《还自会稽歌》:
"吴霜点归鬓,身与塘蒲晚。"塘蒲,水塘边的蒲草。百草之
中,蒲草望秋先衰,故用以作比。

⑩ 争知:怎知。迢递:遥远。

⑪ 伫立：久久站立。

⑫ 朱颜翠发：红颜黑发。代指青春年少之时，也就是四十多
年前作者经此路上汴京之时。

⑬ 道连三楚：三楚指东楚、西楚、南楚，大致包括今淮河以北，
泗水、沂水以西，以及长江以南的地区。天长位处江淮，属
东楚，故谓"道连三楚"。

⑭ 乔木：躯干高大、枝叶繁茂的大树。依前：还和从前（四十
多年前）一样。欹(qī)斜：倾斜。

⑮ 慕想：向往和仰慕。东陵晦迹：秦东陵侯召平的隐居行
为。据《史记·萧相国世家》："召平者，故秦东陵侯。秦
破，为布衣，贫，种瓜于长安城东，瓜美，故世俗谓之东陵
瓜，从召平以为名也。"晦迹，隐藏自己的行踪。

⑯ 彭泽归来：指陶渊明辞官归隐。陶渊明曾为彭泽令，后因
不愿"为五斗米折腰向乡里小人"，辞去官职，赋《归去来兮
辞》，回到家乡。事见《宋书·陶潜传》。

⑰ "左右"三句：化用陶渊明《归去来兮辞》中"乐琴书以消
忧"和"三径就荒，松菊犹存"等句子，说明其隐居生活的乐
趣。风流鬓未华(花)，是说陶渊明隐居时年纪还不很老。

⑱ 亲驰郑驿：指作者的老朋友亲自驰马到天长郊外驿站，像

好客爱友的郑当时那样款待他。郑,指郑当时,西汉人,以好客爱友著名。据《史记·汲(黯)郑(当时)列传》:"郑当时者,字庄,陈人也。……孝景时,为太子舍人。每五日洗沐,常置驿马长安诸郊,存诸故人,请谢宾客,夜以继日,至其明旦,常恐不遍。"

⑲ 时倒融尊:也是指天长的老朋友殷勤地款待自己。融,指孔融,东汉人,好客。据《后汉书·孔融传》:"及退闲职,宾客日盈其门,常叹曰:'座上客恒满,尊中酒不空,吾无忧矣。'"尊,酒杯。

⑳ 劝此淹留:劝我在此久留。淹留,久留。

㉑ 芳时:美好的时节。

这首词是清真词中唯一的一首在小序中详细写明创作时间和地点的作品,此后不久,他就与世长辞了,因而此词是他的绝笔。全词实际上是这位感伤词人对自己一生的回顾和总结,但却用即景抒情以赠送居停主人的方式出之。词中暮年萧瑟之感极浓,其主题非常显豁:抒发岁月流逝的感慨、对劳生的厌倦和有家难归的悲痛。"事逐孤鸿尽去,身与塘蒲共晚"这组对偶句,真让人读之有"鸟之将死,其鸣也哀"之感。由于作者年老力衰,心境恶劣,故在词的形式上大不如前讲究:结构章法不像他的大部分词作那样精巧谨严,甚至音律也比较宽散,137字的长调,只有稀疏的7个韵脚,颇有点以散文为词的味道。这首词就像一个路标,记载着周邦彦本人随着生命的途程快到终点,其文艺创作灵感的火花也来了最后一次闪烁。龙沐勋《清真词叙论》一文评此词曰:"细玩此阕,一种萧飒凄凉景象,想见作者内心之悲哀,结构已不及前述诸作之谨严,所谓'深劲'之风格,骎不复有。年龄环境与作风之消长,从可知矣。"

附：编年未定词

宋词中的苏轼、辛弃疾、姜夔等等诸家的词,类有标题和小序,时地与人昭然可见,比较易于进行编年和分阶段予以评介。周邦彦的词则绝少标题和小序,写作时地颇不易确定。前面我们分七个时段所介绍的那些词,其中相当一部分篇什的写作时地,也仅是依据作品中的某些线索所作的一种推测,而算不上准确的系年。周词中还有大量的作品,是无法推断其写作时地的。我们只能选取其中的若干优秀之作,集中到这里来加以评析。

统而观之,这里所选的一组词,以咏叹爱情的痛苦和身世的飘零两类作品为多。这两种感情,都属于古来就有的普通人的感情。周邦彦词的长处,恰恰在于他极善于描写这种"人之常情"。王国维《清真先生遗事》说"境界有二：有诗人之境界，有常人之境界。诗人之境界，惟诗人能感知而能写之，故读其诗者亦高举远慕，有遗世之意；而亦有得有不得，且得之者亦各有深浅焉。若夫悲欢离合，羁旅行役之感，常人皆能感之，而惟诗人能写之，故其入于人者至深而行于世也尤广。先生之词属于第二种为多，故宋时别本之多，他无与匹，又和者三家，注者二家……自士大夫以至妇人女子，莫不知有清真，而种种无稽之言，亦由此而起，然非入人之深，乌能如是耶?"周邦彦的词固然缺乏所谓"高举远慕"之致，也较少哲理的沉思，因而较少有"诗人之境界"，但他大量地抒写了悲欢离合之情与羁旅行役之苦，这是我国几千年的传统社会特别是宋代极其普遍的现象，和芸芸众生密切相关，所以清真词从宋代至今"入于人者至深而行于世也尤广"。当然，羁旅行役与悲欢离合是唐五代北宋词的传统主题，如果周邦彦在写这种"常人之境界"时没有超越前人的艺术创造，让人有耳目一新的感受，那么他的作品是不会如此入人至深和流传久远的。

周邦彦的一生,有着丰富复杂的爱情经历和长达四十多年的羁旅生活的体验;加上他自幼博览群书,有极为丰厚的语言文化材料的积累;又精通音乐,深谙曲子词的表情艺术,因此他的羁旅行役和恋爱相思两类词取得了超越唐五代和北宋词坛前辈们的艺术成就。

下面,就让我们通过具体作品的评赏,来看一看他高超的艺术成就吧。

蓦 山 溪

湖平春水,藻荇萦船尾①。空翠扑衣襟②,拊轻根、游鱼惊避③。晚来潮上,迤逦没沙痕④,山四倚,云渐起,鸟度屏风里⑤。

周郎逸兴⑥,黄帽侵云水⑦。落日媚沧洲⑧,泛一棹、夷犹未已⑨。玉箫金管⑩,不共美人游,因个甚,烟雾底,独爱莼羹美⑪。

---

① 藻荇(xìng):泛指水草。藻,水草的总称。荇,荇菜,一种

浮于水面的白茎紫叶的水草。萦：缠绕。

② 空翠：指带露的草木的叶子又绿又亮，像是要滴下水来。王维《山中》诗："山路元无雨，空翠湿人衣。"

③ 拊(fǔ)：拍，击。桹(láng)：捕鱼时用以敲船的长木条。《文选》潘岳《西征赋》："纤经连白，鸣桹厉响。"李善注："桹，高木也，以长木扣舷为声……所以惊鱼，令入网也。"

④ 迤逦：曲折绵延。没(mò)：淹没。

⑤ 鸟度屏风里：化用李白《清溪行》诗："人行明镜中，鸟度屏风里。"屏风，喻重叠的山峰。

⑥ 周郎：作者自称。逸兴：清雅闲适的兴致。王勃《滕王阁序》："遥吟俯畅，逸兴遄飞。"

⑦ 黄帽：指头戴黄帽的船夫。《汉书·佞幸传》："邓通……以棹船为黄头郎。"侵云水：指行船于云水相映的湖面。

⑧ 媚：娇媚，这里是艳美的意思。沧洲：水滨之地。

⑨ 夷犹：徜徉，从容不迫、自由自在的意思。谢朓《新亭渚别范零陵》诗："停骖我怅望，辍棹子夷犹。"

⑩ 玉箫金管：管乐器的美称，也指吹箫弄笛的美人。李白《江上吟》诗："木兰之枻沙棠舟，玉箫金管坐两头。"

⑪ 莼羹美：指隐居的乐趣。典出《世说新语·识鉴》："张季

鹰(翰)辟齐王东曹掾,在洛,见秋风起,因思吴中菰菜、莼羹、鲈鱼脍,曰:'人生贵得适意尔,何能羁宦数千里以要名爵?'遂命驾便归。"

这是一首排遣羁旅仕宦之愁,盼望回归自然而去过隐居生活的抒情词。从词中流露的不再迷恋功名和美人而要回归自然的情绪来看,本篇应是他中年信奉道教、"委顺知命"后的作品。与他一贯的沉郁顿挫、典丽缜密的作风不同,此词是以清旷疏放为美,作风近于东坡一派。词写一次游湖所获得的逸兴雅趣,上片极写湖上景色之美和荡舟游湖之乐,境界空明而高远;下片写因游湖之乐而引起的关于人生归宿的感悟:世间千美万美(包括词中提到的吹玉箫弄金管的美人),都不如"莼羹美"——也就是回到江南老家、自由自在地浪游于山水之间的美。本篇的写景抒情是既显豁而又含蓄的,作者游湖本是为了排遣乡愁,但却通篇不言愁而只言乐,直至篇末才透露出张翰式的归乡之愿——"偏爱莼羹美"。

侧　犯

　　暮霞霁雨①,小莲出水红妆靓②。风定。
看步袜江妃照明镜③。飞萤度暗草④,秉烛游
花径⑤。人静。携艳质⑥,追凉就槐影⑦。
金环皓腕⑧,雪藕清泉莹⑨。谁念省。满身香、
犹是旧荀令⑩。见说胡姬⑪,酒垆寂静⑫。烟锁
漠漠,藻池苔井⑬。

① 暮霞:晚霞。霁雨:雨止天晴。

② "小莲"句:雨后莲花在水面初放,风姿艳丽,就像一个红妆
的美人。这是化用南朝梁何逊《看伏郎新婚》诗:"雾夕莲
出水,霞朝日照梁。"靓(jìng),漂亮的装饰打扮。

③ 步袜江妃:比喻水上的莲花。步袜,语本曹植《洛神赋》:
"凌波微步,罗袜生尘。"江妃,神话传说中的江汉之滨的仙
女。据《列仙传》载,仙女江妃游于江汉之滨,遇郑交甫。
江妃以佩珠相赠,交甫行数十步,佩珠与仙女皆不见。明
镜:指水清如镜。

④ 飞萤度暗草：萤火虫在黑暗中飞过草地。这是化用杜甫
《倦夜》诗："暗萤飞自照，水宿鸟相呼。"

⑤ 秉（bǐng）烛游：点着蜡烛游赏。语本《古诗十九首》："昼
短苦夜长，何不秉烛游。"又李白《春夜宴桃李园序》："古人
秉烛夜游，良有以也。"秉，持，拿。

⑥ 艳质：美艳的资质。代指美人。语本南朝陈后主《玉树后
庭花》诗："丽宇芳林对高阁，新妆艳质本倾城。"

⑦ 追凉：乘凉。语本杜甫《羌村三首》："忆昔好追凉，故绕池
边树。"槐影：槐树荫。庾信《西门豹庙》诗："菊花随酒馥，
槐影向窗临。"

⑧ 金环皓腕：化用曹植《美女篇》："攘袖见素手，皓腕约金
环。"代指美女。皓腕，洁白的手腕。金环，金手镯。

⑨ 雪藕：形容女子手臂白嫩，如同雪白的莲藕。莹：光洁
透明。

⑩ 满身香、犹是旧荀令：东汉荀彧为尚书令，相传他的衣带有
香气，所到之处，其香经日不散，人称为令君香。事见《太
平御览》卷703《襄阳记》。这里作者自比荀彧。

⑪ 见说：听说。胡姬：西域胡女。自汉代以来，中原地区便
有西域胡女在酒店当女招待。《玉台新咏》卷1所载汉辛

延年《羽林郎》诗："昔有霍家奴,姓冯名子都。依倚将军势,调笑酒家胡。胡姬年十五,春日独当垆。"但这里作者似仅是用"胡姬"代指昔日结识的一位酒店女招待。

⑫ 酒垆寂静:暗示那位女子已不在了。酒垆,卖酒安置酒瓮的土台。

⑬ 藻池:布满水藻的池塘。苔井:长满苔藓的井床。藻池苔井,形容旧游之地的荒凉。

这首词原无标题,南宋黄升《花庵词选》给加了个标题叫"荷花",把它当成咏物词;《草堂诗余》又另题作"夏景",将它视为纯粹的写景之作。这两种理解都没有把准本篇的题旨,实际上它既非单纯的咏物,也不是为了写景,而是触物触景而生情,表达了对一位旧欢的怀念。上片,写作者夏夜独自到池边追凉赏荷,不觉回忆起往年的同一个季节的夜晚"携艳质"、"秉烛游花径"的情景。"小莲出水"、"步袜江妃"等等描写,都是以荷花喻人,暗示那位时在作者念中的美人。下片集中抒写对那位"金环皓腕"、"雪藕莹"的荷花般的美人的无限思念之情。末二句"烟锁漠漠,藻池苔井"是以景结情,显得心境落寞,抒情气氛更浓厚了。

夜 飞 鹊

别 情

河桥送人处,凉夜何其①。斜月远堕余辉。铜盘烛泪已流尽②,霏霏凉露沾衣③。相将散离会④,探风前津鼓⑤,树杪参旗⑥。花骢会意⑦,纵扬鞭、亦自行迟。　　迢递路回清野⑧,人语渐无闻,空带愁归。何意重经前地,遗钿不见⑨,斜径都迷⑩。兔葵燕麦⑪,向残阳、影与人齐。但徘徊班草⑫,欹歔酹酒⑬,极望天西⑭。

① 凉夜何其:夜晚多么清凉。其,语助词。此句化用《诗经·小雅·庭燎》:"夜如何其。"
② "铜盘"句:铜盘中的蜡烛已经燃烧完了。此句化用杜

甫《从军行赠严别驾》诗"铜盘烧烛光吐日，夜如何其初
促膝"和杜牧《赠别》诗"蜡烛有心还惜别，替人垂泪到
天明"。

③ 霏霏：雨露很多很浓的样子。

④ 相将：行将，将要。宋代口语。离会：送别的宴会。

⑤ 探：探听，打探。津鼓：河边渡口的更鼓。唐李端《古别
离》诗："月落闻津鼓。"津，渡口。

⑥ 树杪(miǎo)：树梢。参旗：星名，在参星之西，又名天旗、
天弓。

⑦ 花骢(cōng)会意：连花骢马也领会人的惜别依恋的心思。
花骢，青白色的骏马。

⑧ 迢递：遥远。

⑨ 遗钿：妇女遗落的头上饰物。

⑩ 斜径都迷：先前走过的小路都迷失了。斜径，小路。

⑪ 兔葵燕麦：语出刘禹锡《再游玄都观》诗序："重游兹观，荡
然无复一树，惟兔葵燕麦动摇于春风耳。"兔葵，草名，生于
沼泽和原野。燕麦，谷类植物，籽实可以吃，也可作动物
饲料。

⑫ 班草：铺草而坐。

⑬ 欷歔(xī xū)：抽抽搭搭地哭泣。酹(lèi)酒：以酒浇地。

⑭ 极望：极目远望。

　　这是一首著名的送别词。它之所以能动摇人心，传诵千载，除了细节描写生动真实、人物心理刻画惟妙惟肖及章法曲折腾挪之外，善于使用移情法和融情入景法，也是其成功的重要因素。上片的"花骢会意"二句，赋予动物以人的离别之情，就是移情法的巧妙运用。下片的"兔葵燕麦"二句，融情入景，遂使一种孤独徬徨的人物心态隐然出现于字里行间，情因景而深，境界幽远，耐人回味。近人梁启超将这两句与柳永《雨霖铃》词的"杨柳岸晓风残月"并誉为"送别词中双绝"（梁令娴《艺蘅馆词选》引），就是因为这两个例子都代表了一种借景寓情的感伤凄迷境界。至于此词的章法层次之妙，则诚如黄苏《蓼园词选》所评："一首送别词耳。自将行至远送，又自去后写怀望之情，层次井井，而意致绵密，词采秾深，时出雄厚之句，耐人咀嚼。"

大　酺

春　雨

对宿烟收①,春禽静,飞雨时鸣高屋②。墙头青玉旆③,洗铅霜都尽④,嫩梢相触。润逼琴丝⑤,寒侵枕障⑥,虫网吹黏帘竹⑦。邮亭无人处⑧,听檐声不断,困眠初熟⑨。奈愁极顿惊⑩,梦轻难记,自怜幽独⑪。　　行人归意速。最先念、流潦妨车毂⑫。怎奈向、兰成憔悴⑬,卫玠清羸⑭,等闲时、易伤心目⑮。未怪平阳客,双泪落、笛中哀曲⑯。况萧索、青芜国⑰。红糁铺地⑱,门外荆桃如菽⑲。夜游共谁秉烛⑳?

① 宿烟收：隔夜的烟雾收敛起来了。这是化用刘禹锡《登陕州城北楼却寄京都亲友》诗：“尘息长道白,林清宿烟收。”

② “飞雨”句：化用杜甫《酬本部韦左司》诗：“好鸟依桂树,飞雨洒高屋。”又杜甫《苦雨》诗：“暮与佳人期,飞雨洒青阁。”

③ 青玉旆(pèi)：形容翠绿的竹枝形状如旗旒。青玉,喻竹
　　叶。旆,古代旗幡之末形如燕尾的垂旒。

④ 铅霜：竹枝上的白色的箨粉。

⑤ 润逼琴丝：语本汉王充《论衡》："天且雨,蝼蚁徙,丘蚓出,
　　琴瑟缓,固疾发,此物为天所动之验也。"这里指天雨空气
　　潮湿,使得原来绷紧的琴弦变松弛了。

⑥ 枕障：指枕头和帐帷屏风。

⑦ 虫网：指蜘蛛网。

⑧ 邮亭：古时供传递公文用的交通站,备有馆舍供人住宿。

⑨ 困眠初熟：因困倦而渐渐入睡。

⑩ 奈：无奈,无可奈何。愁极顿惊：带愁入睡,心绪不宁,被
　　雨声一闹,就惊醒了。

⑪ 幽独：幽居独处,孤单凄凉。

⑫ 流潦：路上的积水。车毂(gǔ)：车轮中心的圆木,中间有
　　孔,用以穿轴。此代指车。这句说,路面的积水妨碍行车。

⑬ 怎奈向：即怎奈、无奈之意。向,语尾助词,无实际意义。
　　兰成：北周文学家庾信的小名。庾信本是南朝官员,出使
　　北方被羁留,心情苦闷,遂作《哀江南赋》,又有《愁赋》等。
　　参见前选《宴清都》"庾信愁多"句注。

⑭ 卫玠(jiè)清羸(léi)：像卫玠一样清瘦疲病。卫玠，晋人。据《世说新语·容止》："卫玠从豫章下都，人久闻其名，观者如堵墙。玠先有羸疾，体不堪劳，遂成病而死，时人谓看杀卫玠。"

⑮ "等闲"句：是说自己就像多愁多病的庾信、卫玠那样，容易伤感。等闲，轻易地，无端地。

⑯ "未怪"二句：东汉马融性好音乐，能鼓琴吹笛，他旅居平阳客店时，听客舍有洛阳客吹笛，因念自己已离京逾年，不觉悲从中来，遂作《长笛赋》。这里以马融思念京城自比。未怪，难怪。

⑰ 萧索：荒凉冷落。青芜国：杂草丛生的园圃。语本温庭筠《春江花月夜词》："玉树歌阑海云黑，花庭忽作青芜国。"

⑱ 红糁(sǎn)：指落花。语本韩愈《送无本师归范阳》诗："始见洛阳春，桃枝缀红糁。"糁，散粒状的物品。

⑲ 荆桃：樱桃的别称。菽：豆类。这句是说樱桃已结出豆大的果实。

⑳ "夜游"句：化用《古诗十九首》："昼短苦夜长，何不秉烛游。"秉，持，拿。

这首词当是作者某一次离京赴外任、在驿馆住宿逢春雨时所作。王灼《碧鸡漫志》中称：周邦彦词中有《离骚》，并举本篇及《兰陵王》为例。我们玩味此词可知，王灼之所以比之为《离骚》，乃是因为它对景伤怀，抒发了作者与屈原相像的"眷顾京国"之情。作者特意使用了东汉马融《长笛赋》之典，显然是以其人离京逾年，客居外地，自伤仕途坎坷，闻笛兴悲的经历自况。这一典事是本篇题旨所在，"伤心目"三字乃全篇之主脑。词中因雨兴悲，着力描写雨景触发的愁闷，情景如水乳交融，真如黄苏《蓼园词选》所评："写得凄清落漠，令人恻恻。"

蝶 恋 花

早 行

月皎惊乌栖不定①，更漏将阑②，辘轳牵金井③。唤起两眸清炯炯④，泪花落枕红绵冷⑤。

执手霜风吹鬓影⑥，去意徊徨⑦，别语愁难

听。楼上阑干横斗柄^⑧,露寒人远鸡相应。

① "月皎"句：指月明如昼,使树上的乌鹊时时被惊起,栖息不定。这句也是化用了前人诗句的。曹操《短歌行》："月明星稀,乌鹊南飞。绕树三匝,何枝可依。"又陈元龙注《片玉词》引毕公叔《早行》诗："水远天俱白,烟深月欲黄。惊乌栖不定,拂下一林霜。"

② 漏：滴水计时的器具。将阑：将尽。这句指天快亮了。

③ 辘轳(lì lù)：即辘轳,一种绞轮式的汲水器。金井：井的美称。这句是化用唐张籍《楚妃怨》诗："梧桐叶下黄金井,横架辘轳牵素绠。"

④ 眸(mǒu)：眼睛。清炯炯：清澈而明亮。

⑤ 红绵：用丝棉作枕芯的红枕头。

⑥ 霜风：指清晨寒冷的秋风。鬓影：鬓发在风中飘动的影子。这句是化用李贺《咏怀二首》中的句子："春风吹鬓影。"

⑦ 徊徨：彷徨忧伤的样子。

⑧ 阑干：横斜的样子。斗柄：指北斗星。北斗七星中四星像斗,三星像柄。天空中北斗星横转斗柄,表示天就要亮了。

这首词写秋天早晨情人辞家远行的全过程。上片写别前,下片写别时和别后,篇幅虽短,情节却很完整,人物形象很逼真。开头写秋夜将晓时庭院及房中之景,就十分细致传神。"两眸清炯炯"句,以目之态传人之情,达到绝妙的境界:因为彻夜伤离怨别,折腾够了才合眼,并非沉睡而醒者,所以两眼并不惺忪,而是"清炯炯"的。接着以泪的描写见出离别之苦:未曾合眼之前,别语万分缠绵,别泪不住流下,所以浸在枕上的热泪到早上已经"冷"了。下片前三句写门外分手时的情形,由房内而庭院,由庭院而上路,极有层次。结尾二句,以勾画分手后所见的凄冷景物作结,更加重了全词离别感伤的氛围,用笔则由浓而化淡。"楼上"句写居者的处所,以空旷的楼房和楼上天空来映衬居者的寂寞和伤心。"路寒"句写行者在野外的情景,以冷清的旅途来显出行者的孤独和怅惘。如此完美的艺术境界和人物形象,完全得力于对场景和人物动态的真实而细腻的描写。此词还巧妙地点化前人诗的境界为自己的境界,其效果正如俞平伯《清真词释》所言:"清真善用前人绝构,略加点染,便有味外味。"

解 连 环

怨怀无托。嗟情人断绝,信音辽邈①。纵妙手、能解连环②,似风散雨收,雾轻云薄。燕子楼空③,暗尘锁、一床弦索④。想移根换叶⑤,尽是旧时,手种红药⑥。　　汀洲渐生杜若⑦。料舟依岸曲⑧,人在天角。谩记得、当日音书⑨,把闲言闲语,待总烧却⑩。水驿春回⑪,望寄我、江南梅萼⑫。拚今生、对花对酒⑬,为伊泪落⑭。

① 信音:音信,消息。辽邈:遥远,渺茫。

② 纵:纵然,即使。解连环:典出《战国策·齐策》:"秦昭王尝遣使者遗君王后以玉连环,曰:'齐多智,而能解此环不?'君王后以示群臣,群臣不知解。君王后引锥破之,谢秦使曰:'谨以解矣。'"本篇反用其意,谓相思情结是无法

解开的。

③ 燕子楼空：是说爱人已去，空留楼阁。这是用唐张建封与关盼盼的故事。事见白居易《燕子楼三首》序："徐州故张尚书有爱妾关盼盼，善歌舞，雅多风态……尚书既殁，归葬东洛，而彭城有张氏旧第，第中有小楼名燕子，盼盼因念旧爱而不嫁，居是楼十余年，幽独块然，于今尚在。"苏轼《永遇乐》词："燕子楼空，佳人何在，空锁楼中燕。"

④ 弦索：琴弦，这里代指乐器。

⑤ 移根换叶：指园中草木新陈代谢，年复一年地枯后复荣。

⑥ 红药：红芍药花。

⑦ 汀洲：水中平地。杜若：香草名。这句是化用屈原《九歌·湘夫人》："搴汀洲兮杜若，将以遗兮远者。"

⑧ 岸曲：河湾的岸边。

⑨ 漫记得：空记得，枉自记得。

⑩ 待总烧却：一把火统统烧光。

⑪ 水驿：水岸码头的旅舍。

⑫ "望寄"句：用南朝陆凯与范晔故事。据《荆州记》：陆凯与范晔是好朋友，陆自江南寄梅花一枝到长安与范，并赠诗云："折梅逢驿使，寄与陇头人。江南无所有，聊赠一

枝春。"

⑬ 拚(pàn)：甘愿。今生：这一辈子。

⑭ 伊：第三人称指示代词，他，她，那人。

　　本篇古今词话家多以为是写"闺妇哀情"的词。但从篇中"燕子楼空"、"一床弦索"等语来看，其实是男方怀念女子之作。抒情主人公就是作者自己，所怀念的对象，像是一个精于音乐的青楼女子。词人与她显然曾经两情相悦，有过一段极为甜蜜的爱情生活，后来二人因故分手，女方音信渺无。但词人一直没有忘记她，到处打听她的下落。词中变用"燕子楼"的典故，以细腻婉曲的笔触，抒写了对音信久绝的情人既怨且盼的复杂感情，充分表达了作者对女方的执着之爱。结拍迸着血泪痛苦地低吟道："拚今生、对花对酒，为伊泪落。"这个结尾，被况周颐《蕙风词话》称许道："此等语愈朴愈厚，愈厚愈雅，至真之情，由性灵肺腑中流出，不妨说尽而愈无尽。"至于本篇的章法特点，陈洵《海绡说词》评得比较简明扼要："全是空际盘旋，'无托'起，'泪落'结。中间

'红药'一情,'杜若'一情,'梅萼'一情,随手拈来,都成妙谛。"

拜 星 月 慢

秋 思

夜色催更①,清尘收露②,小曲幽坊月暗③。竹槛灯窗,识秋娘庭院④。笑相遇,似觉琼枝玉树相倚⑤,暖日明霞光烂。水眄兰情⑥,总平生稀见。　　画图中、旧识春风面⑦。谁知道、自到瑶台畔⑧。眷恋雨润云温⑨,苦惊风吹散⑩。念荒寒、寄宿无人馆。重门闭、败壁秋虫叹⑪。怎奈向、一缕相思⑫,隔溪山不断。

① 催更:指报时的更鼓一阵阵催响。

② 清尘收露:指天降露水,吸收着地面的灰尘。

③ 小曲幽坊:指妓院。唐代称妓女所居为"坊曲",《北里志》有"南曲"、"北曲"之称。

④ 秋娘：这里用作妓女的代称。参见前选《瑞龙吟》注。

⑤ 琼枝玉树：比喻女子优美的身姿体态。玉树，《世说新语·
    容止》：魏明帝使后弟毛曾与夏侯玄共坐，时人谓蒹葭倚
    玉树。

⑥ 水眄(miàn)：眼波流动如秋水般明亮。眄，斜视。兰情：
    像兰花一般优雅温馨的性情。这句是化用唐韩琮《春愁》
    诗："水眄兰情别来久。"

⑦ "画图"句：化用杜甫《咏怀古迹五首》之三"画图省识春风
    面"句，指作者在认识这位妓女之前曾经先看到她的画像。

⑧ 瑶台：本是神话传说中仙人居住的地方，这里喻指妓女的
    住处。

⑨ 雨润云温：指男女之间的欢会。语本宋玉《高唐赋序》：
    "妾在巫山之阳，高丘之岨，旦为朝云，暮为行雨，朝朝暮
    暮，阳台之下。"

⑩ 惊风吹散：喻爱情不久就被破坏。惊风，疾风，骤起的风。
    喻意外事故。

⑪ 秋虫叹：秋虫啼叫。

⑫ 怎奈向：怎奈何，无可奈何。向，语尾助词，有加强语气的
    作用。

这首词是周邦彦以叙事和写实来寓情的杰作之一。它所咏情事，略同于前选《瑞龙吟》，但并非重游旧地，而是在异地神驰旧游。通篇以对词人与那位"秋娘"交往过程的回忆性描述为主，对照现在的孤苦伶仃之状，以寄托其绵绵不尽的相思之情。上片开头即用倒叙手法，以细腻的叙事笔触先画出美人出场的背景。先写路途，次写居处，再写男女双方会晤，层次分明，步步逼近。更为精彩的是以比体正面描写美人的可爱形象，而又不重形似，却以神情风度描写为主，颇不落套。换头处是追叙中的追叙，延伸上片描写之绪。"谁知道"以下才正面宣写离别相思之情，使人读到末尾方知全篇所写原来是一幕始乐而后哀的情场悲剧。"惊风"吹散温润的云雨，正如意外事故拆散美好的姻缘。此词几乎通篇用比喻，叙事和抒情因而显得十分含蓄而简洁。周济《宋四家词选》评论此词："全是追思，却纯用实写，但读前半阕，几疑是赋也。换头再为加倍跌宕之，他人万万无此力量。"的确道出了它在章法结构安排上的妙处。另外俞陛云《唐五代两宋词选释》评论此词对照反衬手法的巧妙运用道："起笔五句写景幽丽，仿佛见小姑居处。下阕'雨润云温'何等旖旎，'秋虫空馆'何等荒寒，两相写照，情孰能堪！人与寒螿，同声叹息矣。"

关 河 令

秋阴时晴渐向暝①，变一庭凄冷。伫听寒声②，云深无雁影。　　更深人去寂静，但照壁、孤灯相映。酒已都醒，如何消夜永③？

① 暝(míng)：天黑，日暮。
② 伫(zhù)听：久久地站着听。寒声：寒雁的叫声。这是用李白《秋夕书怀》诗："北风吹海雁，南渡落寒声。"
③ 夜永：夜长。

这首抒情小令以淡永拙厚见长。通篇写旅况的凄冷：上片是黄昏的凄冷，下片是深夜的凄冷。深夜的凄冷比黄昏的凄冷更令人难耐,因此下片为抒情的高潮。
尤其是结尾二句"酒已都醒,如何消夜永",颇能以警动
胜。离人饮酒,是作为麻醉剂来消减愁怀的,酒醒就无
异愁醒,经过麻醉之后再醒过来的愁,就越发难以排遣
了。这就充分地道出了"此情此景将何以堪"的况味。
此外,词中秋末之景与浓烈之愁密切结合,可谓水乳交
融,铸成了一个幽冷寂寞的抒情境界。

氏 州 第 一

波落寒汀①,村渡向晚,遥看数点帆小。
乱叶翻鸦②,惊风破雁③,天角孤云缥缈④。官
柳萧疏⑤,甚尚挂、微微残照⑥。景物关情⑦,川
途换目⑧,顿来催老⑨。　　渐解狂朋欢意少。
奈犹被、思牵情绕。座上琴心⑩,机中锦字⑪,
觉最萦怀抱。也知人、悬望久,蔷薇谢、归来一
笑⑫。欲梦高唐⑬,未成眠、霜空又晓。

① "波落"句：水中沙洲因潮落而露出水面。汀，水中或水边平地。

② 乱叶翻鸦：树林里落叶纷乱，那是因为群鸦在起飞。翻，飞。张衡《西京赋》："众鸟翩翩。"

③ 惊风破雁：陡然而起的一阵风吹散了整齐的雁行。这是化用杜甫《冬晚送长孙渐舍人归州》诗："云晴鸥更舞，风逆雁无行。"

④ 缥缈(piāo miǎo)：隐隐约约，若有若无。

⑤ 官柳：官道上种植的柳树。参见前选《瑞龙吟》注。萧疏：谓因叶落而枝条稀疏。

⑥ 微微残照：夕阳的一点淡淡的光辉。

⑦ 关情：触动感情。

⑧ 川途：水路。

⑨ 顿来催老：谓沿途见秋景萧瑟，顿时感到自己也被催老了。

⑩ 座上琴心：用司马相如弹琴向卓文君求爱事。详见前选《扫花游》注。

⑪ 机中锦字：用前秦窦滔妻苏蕙事。《晋书·窦滔妻苏氏传》："窦滔妻苏氏，始平人也，名蕙，字若兰。滔，符坚时为秦州刺史，被徙流沙，苏氏思之，织锦为回文旋图诗以赠

滔。宛转循环以读之,词甚凄婉,凡八百四十字。"这里用
以代指妻子的书信。

⑫ "蔷薇"句:化用杜牧《留赠》诗:"不用镜前空有泪,蔷薇花
谢即归来。"

⑬ 梦高唐:指梦中与爱人相会。语本宋玉《高唐赋并序》:
"昔者先王尝游高唐,怠而昼寝,梦见一妇人曰:'妾巫山之
女也,为高唐之客,闻君游高唐,愿荐枕席。'王因幸之。"

    本篇为旅途思家之作。上片写旅途所见衰飒的
秋景,从而引起日暮思家之情;下片则通过用典和自
我心理描写,表达对亲人的苦苦思念之意。此词以写
景真切,抒情凄婉著称。如黄苏《蓼园词选》评曰:"词
旨凄清,情怀黯淡,其境地可于笔墨外思之";俞陛云
《唐五代两宋词选释》评曰:"前八句状水天景物,'残
照'二句为秋柳传神,而以'关情'、'换目'承上八句,
则所见景色,皆有'物换星移'之感。自转头至结句,
如明珠走盘,一丝萦曳。夏闰庵以'曲而婉'三字评
之,殊当。"

庆　春　宫

云接平冈①，山围寒野，路回渐转孤城。哀柳啼鸦，惊风驱雁②，动人一片秋声。倦途休驾③，淡烟里、微茫见星。尘埃憔悴④，生怕黄昏，离思牵萦。　　华堂旧日逢迎⑤，花艳参差⑥，香雾飘零。弦管当头⑦，偏怜娇凤⑧，夜深簧暖笙清⑨。眼波传意⑩，恨密约、匆匆未成。许多烦恼，只为当时，一饷留情⑪。

① 平冈：平坦的山脊。

② 惊风驱雁：指一阵陡起的寒风吹散了雁行。语本鲍照《代白纻曲二首》之一："穷秋九月落叶黄，北风吹雁天雨霜。"

③ 休驾：停下车马歇息。

④ 尘埃憔悴：因旅途辛苦、风尘仆仆而显得疲惫消瘦。

⑤ 华堂：装饰华丽的厅堂。

⑥ 花艳：花儿一般娇艳。指美女。参差：这里指众多美女个子高矮不齐、穿插来往的样子。

⑦ 弦管：泛指乐器。

⑧ 偏怜：最爱，只爱。娇飙：指作者所中意的那个女子。

⑨ 簧暖笙清：古时笙里的簧片用高丽铜制成，冬天吹奏前须先烧炭火，将笙置于锦熏笼上，再加四合香熏烤，簧片烤暖之后，吹起来声音才清脆悦耳。参见周密《齐东野语》卷17。

⑩ 眼波传意：眉目传情。语本韩偓《偶见背面是夕兼梦》诗："眼波向我无端艳。"

⑪ 一饷：同"一响"，一会儿，一阵子。

这也是一首羁旅怀人词。它将晚秋时节的羁旅愁怀和忆念情人的相思之苦融为一片来尽兴抒写，颇见作者善于铸造特定抒情境界的艺术功力。词的上片，有层次地铺写秋日黄昏莽莽郊原的肃杀景色，以哀景衬愁人，自然凸显抒情主人公尘埃憔悴的形象。下片极写昔日之旖旎风光，用温馨甜美的忆旧场面和前边的哀飒之景相对照，形成绝大的反差，用以突出眼下的凄凉哀婉之情，肺腑毕现，震动人心。尤其结尾三句，是绝妙的情语。王国维《人间词话》评论说："词家多以景寓情，其专作情语而绝妙者，如……美成之'许多烦恼，只为当时，一晌留情'。此等词，求之古今人词中，曾不多见。"另陈洵《海绡说词》亦评曰："前阕离思，满纸秋气；后阕留情，一片春声；而以'许多烦恼'一句作两边绾合，词境极浑化。"

浪 淘 沙 慢

晓阴重①，霜凋岸草，雾隐城堞②。南陌脂车待发③，东门帐饮乍阕④。正拂面、垂杨堪揽结⑤。掩红泪、玉手亲折⑥。念汉浦离鸿去何许⑦，经时信音绝⑧。　　情切。望中地远天阔。向露冷风清无人处，耿耿寒漏咽⑨。嗟万事难忘，唯是轻别。翠尊未竭⑩。凭断云、留取西楼残月⑪。罗带光销纹衾叠⑫。连环解、旧香顿歇⑬。怨歌永、琼壶敲尽缺⑭。恨春去、不与人期^⑮，弄夜色，空余满地梨花雪^⑯。

① 晓阴：清晨天空的阴云。

② 城堞：城上的短墙。

③ 南陌：城南的大路。脂车：车轴涂上油脂，使之润滑便行的车子。

④ 东门：我国古代习俗，送别时在城东门饯行。详见前选《点绛唇》（辽鹤归来）"东门"句注。帐饮：在东门外设帐饮酒饯行，称为帐饮。亦见前《点绛唇》（辽鹤归来）"东门"句注。

⑤ 揽结：攀折绾结。指折柳送别。

⑥ 红泪：指女子惜别的眼泪。典出王嘉《拾遗记》：魏文帝所爱的美人薛灵芸，告别父母上京城时，用玉唾壶在路上承泪，到达京城时，满壶红色，壶中泪凝成血。玉手：女子洁白如玉的手。

⑦ 汉浦：汉江的水滨。离鸿：喻分离后的女子。何许：何处。这句是暗用《列仙传》中郑交甫游汉江遇仙的典故。郑交甫游汉江，遇二仙女，佩两明珠，大如鸡卵，双方交谈甚欢，

二女解佩相赠,交甫受而藏于怀中,告别之后才走出几十步,怀中明珠没有了,二仙女也没有了踪迹。

⑧ 经时:长时间。信音:音信,消息。

⑨ 耿耿:心中不安宁,有所悬念。漏咽:计时的漏壶滴水,声音像是人在吞声呜咽。

⑩ 翠尊:华美的酒杯。竭:干涸。

⑪ "凭断云"句:是说想凭借天边的片云,留住西楼的残月,但这也是枉然的。意谓人不能留,一如月不能留。

⑫ 罗带:丝织的带子,古时常作为男女之间相赠的信物。纹衾(qīn):绣有花纹的被子。

⑬ 连环解:用《战国策·齐策》所载齐国君王后解玉连环事。详见前选《解连环》词注。这里是活用旧典,用玉连环被击碎比喻情人被活活拆散。旧香:喻往日的温馨情意。

⑭ 永:长。琼壶敲尽缺:表示内心的怨愤之情十分强烈。典出《晋书·王敦传》:王敦酒后常咏唱曹操诗:"老骥伏枥,志在千里。烈士暮年,壮心不已。"边唱边以玉如意敲打玉唾壶为节拍,以致壶口尽缺。

⑮ 期:邀约,商量。

⑯ 梨花雪：梨花飘落如同下雪。

　　这是一首怀念情人的词。全篇的主旨在"嗟万事
难忘,唯是轻别"二句。表现这一主旨的方法是"以赋
为词",层层铺叙,以健笔写柔情,开合动荡,盘旋而下,
将怨情幽恨淋漓尽致地宣泄出来。全词由三叠(亦即
三片、三段)组成。首叠追述往日分别情景。开头三句
写当日早行时景色。"南陌"二句写饯别。"正拂面"二
句,写折柳赠别。这一切都恍如描写眼前发生的事,读
到"念汉浦"二句,才知道是回忆之笔。这是作者惯用
的倒叙手法。以下两叠皆承上而来,极力表现相思之深
情。第二叠,写"难忘"当初之"轻别",是实写。第三
叠,一气贯注地抒写别后的怨情,"光销"、"衾叠"、"香
歇"、"壶缺"等一连串描写,层层深入,宛如骤雨飘风,
直扣读者心弦,但觉其宛转凄艳,而不觉其堆垛雕饰。
篇末以景结情,文情摇曳,耐人回味,也是周词长技。清
人万树称赞此词"精绽悠扬,真千秋绝调"(《词律》本调
小注),所评不差。

浪淘沙慢

万叶战、秋声露结[①]，雁度砂碛[②]。细草和烟尚绿[③]，遥山向晚更碧[④]。见隐隐、云边新月白。映落照、帘幕千家[⑤]，听数声何处倚楼笛[⑥]。装点尽秋色。　　脉脉[⑦]。旅情暗自消释[⑧]。念宋玉临水犹悲感[⑨]，何况天涯客[⑩]。忆少年歌酒，当时踪迹。岁华易老，衣带宽、懊恼心肠终窄[⑪]。飞散后、风流人阻，蓝桥约、怅恨路隔[⑫]。马蹄过、犹嘶旧巷陌。叹往事、一一堪伤，旷望极[⑬]，凝思又把阑干拍[⑭]。

① 战：颤抖。露结：露水凝聚。

② 砂碛(qì)：沙漠。

③ "细草"句：谓小草尚未枯黄。

④ "遥山"句：谓日暮时远山显得更青了。向晚，傍晚。

⑤ 落照：夕阳的余光。帘幕千家：为"千家帘幕"的倒装。

⑥ "听数声"句：化用唐赵嘏《长安秋望》诗"长笛一声人倚楼"句及南唐冯延巳《归国遥》词"何处笛，终夜梦魂情脉脉"。

⑦ 脉脉：含情不语的样子。

⑧ 消释：消解，消除。

⑨ 宋玉临水犹悲感：宋玉《九辩》："悲哉秋之为气也，……登山临水兮送将归。"柳永《戚氏》词："当时宋玉悲感，对此临水与登山。"按，此句"宋玉"各本均误作"珠玉"，今据吴世昌先生《片玉集中误字校记》予以改正。

⑩ 天涯客：漂泊远游的人，作者自指。

⑪ 衣带宽：形容人已消瘦。柳永《蝶恋花》词："衣带渐宽终不悔，为伊消得人憔悴。"

⑫ 蓝桥约：用唐代秀才裴航蓝桥遇仙的典故。据唐人裴铏《传奇》载：唐长庆间秀才裴航落第，途经蓝桥驿，渴甚，有女云英以水浆饮之，甘如玉液。云英绝美，裴航欲娶以为妻，因遍访得玉杵臼为聘礼。既婚，夫妻双双入山为仙。

⑬ 旷望：远望。南朝齐谢朓《郡内高斋闲望答吕法曹诗》："结构何迢递，旷望极高深。"

⑭ 把阑干拍：这是宋代读书人失意烦恼时习惯采用的一种发泄感情的举动。据司马光《温公续诗话》载：刘概字孟节，青州人。慷慨有奇节，但不得志。曾作诗发牢骚云："读书误人四十年，有时醉把阑干拍。"

这也是一首即景抒情的羁旅怀人词。上片描写旅途所见凄清悲凉的秋景，从白天到黄昏，层次鲜明，笔力遒劲，境界悠远而壮阔。下片抒情，一面怀念情人，一面宣泄自己的天涯沦落之悲和"岁华易老"之慨，感情沉郁而厚重。最后以动作细节的描写作结，醉拍阑干的举动，是生活不如意的一种宣泄，其中包含着心里的多少牢骚和不平！周邦彦是精通音律的创调大师，本编所选的这两首《浪淘沙慢》，都是北宋长调词的杰作。王国维《人间词话》评论说："长调自以周、柳、苏、辛为最工。美成《浪淘沙慢》二词，精壮顿挫，已开北曲之先声。若屯田（柳永）之《八声甘州》、东坡之《水调歌头》，则仁兴之作，格调高古，不能以常调论也。"

夜 游 宫

秋暮晚景

　　叶下斜阳照水①。卷轻浪、沉沉千里。桥上
酸风射眸子②。立多时，看黄昏，灯火市。
　　古屋寒窗底。听几片、井桐飞坠③。不恋单衾
再三起④。有谁知，为萧娘，书一纸⑤？

① 叶下：树叶飘落。下，作动词用，"飘落而下"之意。语本屈
　　原《九歌·湘夫人》："嫋嫋兮秋风，洞庭波兮木叶下。"

② "桥上"句：化用唐李贺《金铜仙人辞汉歌》中"东关酸风射
　　眸子"句。酸风，凄冷的风。眸子，眼珠。

③ 井桐：井边的梧桐树叶。

④ 单衾（qīn）：单薄的被子。

⑤ 为萧娘，书一纸：化用唐杨巨源《崔娘诗》："风流才子多春
　　思，肠断萧娘一纸书。"这里用"萧娘"代指作者的情人。书
　　一纸，即一纸书，一封书信。

　　这是一首怀念情人的词,其内容属于"常人之境界",艺术表现上却曲尽章法之妙。周济《宋四家词选》谓:"此亦是层叠加倍法,本只'不恋单衾'一句耳,加上前阕,方觉精力弥满。"试看作者满腔愁苦的起因,本在于"萧娘书一纸"——情人的一封来信勾起他无尽的相思。但他对此却一直不说破,而是先用大部分篇幅来描写秋夜独处、孤独彷徨、起坐不安、辗转难眠等难堪的行状,使得读者也为其笔下意象所感染,心痒难耐,禁不住要猜想词人为何如此愁烦。至结尾处才自问自答,揭示出相思之情来源于"书一纸"的底蕴,令人恍然而悟,回味再三,愈觉全词富有情韵。周词章法技巧之繁复精妙,即在短调中也多有体现,这首词就是一例。

虞　美　人

　　疏篱曲径田家小[①],云树开清晓[②]。天寒山色有无中[③],野外一声钟起送孤篷[④]。添衣策马寻亭堠[⑤],愁抱惟宜酒[⑥]。菰蒲睡鸭占陂塘^⑦，纵被行人惊散又成双^⑧。

① 疏篱曲径：稀稀疏疏的篱笆，弯弯曲曲的田间小路。小：指窄小的农舍。

② "云树"句：谓清早太阳出来，树林上的云雾散开了。秦观《满庭芳》词："晓色云开。"

③ 山色有无中：直接移用唐王维《汉江临泛》诗中"山色有无中"句。

④ 送孤篷：指送别。篷，船篷，代指船。

⑤ 策马：赶马。策，鞭打。亭堠(hòu)：古代渡口码头或驿站路边用来侦察、瞭望的岗亭与土堡。亭堠亦供过往行人休息，里面一般都有酒食供应，故下文有寻酒解愁之举。

⑥ 愁抱：愁怀。

⑦ 菰蒲：水草。菰，俗称茭白。蒲，蒲草。陂(bēi)塘：蓄水的池塘。

⑧ "纵被"句：这是用水鸭子的双宿双飞来反衬自己的孤身漂泊。

　　这也是一首羁旅行役词，它描写的是清早在野外旅行者的孤独愁苦的心情。上片用清疏的笔触写晨景,疏篱曲径、云树孤篷,无不笼上了凄清的气氛,这是带上了主观色彩的"有我(早行者)之境"。下片写早行者(作者自己)的孤独愁苦心情,注意了多角度的表现:过片二句以策马寻酒的情节描绘,直言"愁抱";结尾二句则以水禽的成双成对来反衬自己的孤独,表意比较含蓄。全篇清新自然,清疏旷朗,设色淡雅,在周词中别具一格。

《中国古代文史经典读本》（文学类）书目

诗经楚辞选评／徐志啸撰

古诗十九首与乐府诗选评／曹旭撰

三曹诗选评／陈庆元撰

陶渊明谢灵运鲍照诗文选评／曹明纲撰

谢朓庾信及其他诗人诗文选评／杨明、杨焄撰

高适岑参诗选评／陈铁民撰

王维孟浩然诗选评／刘宁撰

李白诗选评／赵昌平撰

杜甫诗选评／葛晓音撰

韩愈诗文选评／孙昌武撰

柳宗元诗文选评／尚永亮撰

刘禹锡白居易诗选评／肖瑞峰、彭万隆撰

李贺诗选评／陈允吉、吴海勇撰

杜牧诗文选评／吴在庆撰

李商隐诗选评／刘学锴、李翰撰

柳永词选评／谢桃坊撰

欧阳修诗词文选评／黄进德撰

王安石诗文选评／高克勤撰

苏轼诗词文选评／王水照、朱刚撰

黄庭坚诗词文选评／黄宝华撰

秦观诗词文选评／徐培均、罗立刚撰

周邦彦词选评／刘扬忠撰

李清照诗词文选评／陈祖美撰

辛弃疾词选评／施议对撰

关汉卿戏曲选评／翁敏华撰

西厢记选评／李梦生撰

牡丹亭选评／赵山林撰

长生殿选评／谭帆、杨坤撰

桃花扇选评／翁敏华撰